夜、すべての血は黒い

ダヴィド・ディオップ
加藤かおり［訳］

David Diop
Frère d'âme

早川書房

夜、すべての血は黒い

装幀：奥定泰之

最初の読者であり、聡明な光を湛《たた》え、
虹彩のなかで三つの黒い斑点が微笑む眼を持つわが妻へ
おなじ一本の手の指のように仲睦まじいわが子どもたちへ
混血の人生を手渡してくれたわが両親へ

われわれは、おたがいの評判によって抱擁しあっていたのである。

——モンテーニュ『エセー』〈友情について〉（『エセー 2』、宮下志朗訳、白水社）

考えるひとは裏切る。

——パルカル・キニャール『死に出会う思惟』（千葉文夫訳、水声社）

わたしは同時に発せられるふたつの声だ。
ひとつは遠ざかり、ひとつは増大する。

——シェイ・アミドゥ・カヌ『曖昧な冒険』

1

――……知っている、わかっている、あれはしてはいけないことだった。おれ、アルファ・ンディアイは、あのひどく老いた人の息子は、わかっている、あれはしてはいけないことだった。神の真理にかけて、いまのおれは知っている。おれの考えはおれだけのもの、おれは好きに考えられる。けれども口には出さない。おれの秘密の考えを打ち明けられたかもしれない人たちが、つまり神が自分の天国にやってくるのを情けない思いで眺めるような、悪魔が自分の地獄に喜んで迎え入れるような、顔を潰され、手足をもがれ、腹を裂かれて旅立ったおれの部隊の兄弟たちが、ほんとうのおれを知ることはない。生き残った者たちがそれを知ることはなく、老いた父がそれを知ることはなく、そして母が、母がまだこの世にいればの話だが、計り知ることはない。恥の重みがおれの死の重みに加わることはない。おれがなにを考え、なにをし、戦争がおれをどんな彼方にまで連れていってしまったか、彼らが心に描くことはない。神の真理にかけて、一族の名誉は、うわべの名誉は、守られる。

知っている、わかっている、あれはしてはいけないことだった。前の世界ではそんな勇気はなかったが、いまの世界では、神の真理にかけて、おれは考えもつかないことをするのを自分自身に許している。おれの頭のなかで、そうしたことを禁じる声はひとつもあがらない。結局やったことをやろうと考えた瞬間に、先祖たちの声、親たちの声はぴたりとやんだ。いまなら知っている、誓っていうが、おれは好きに考えられると考えたとき、すっかりわかった。その考えは、なんの前触れもなくふいにやってきた、いきなり頭の上に落ちてきた。金属の空から戦争の大きな粒が降ってくるみたいに。マデンバ・ディオップが死んだ日に。

ああ！　マデンバ・ディオップは、おれの兄弟以上の存在は、死ぬのにあまりに手間どった。それはとてつもなく大変で、だらだら続き、朝から黄昏《たそがれ》どきまで、宵の頃まで、はらわたをさらしたまま、内側を外側に飛び出させたまま、生贄《いけにえ》にされたあとしきたりに従って肉屋の手で切り分けられる羊みたいだった。やつは、マデンバは、死んでもいないうちからすでに体の内側を外側に飛び出させていた。ほかの仲間たちが大地にぱっくりあいた塹壕《ざんごう》と呼ばれる傷口に身を隠しているあいだ、おれはマデンバのそばに残り、体を寄せて横たわり、右手でやつの左手を握り、金属の筋が走る青くて冷たい空を眺めていた。三度、殺してくれと頼まれ、三度、おれは拒んだ。それは前のこと、おれが好きに考えるのを自分に許す前のことだ。あのときのおれがいまのおれみたいだったなら、やつがおれに顔を向け、左手でおれの右手を握りしめながら一度目に頼んできたときに、おれはやつを殺してやっただろう。

神の真理にかけて、おれがすでにいまのおれだったなら、生贄の羊を殺すみたいにやつの喉を掻《か》き切ってやっただろう、友情の名のもとに。けれどもおれは老いた父のことを、母のことを、あれこれ命じる内側の声のことを考え、そしておれは、やつの苦しみの鉄条網を断ち切ることができなかった。マデンバに、おれの兄弟以上の存在に、おれの幼なじみに対しておれは、人間ではなかった。義務が選択を下すに任せた。やつにあやまった考えを、義務が命じるところの考えを、人間の掟《おきて》が指し示すところの考えを押しつけ、そしておれは、人間ではなかった。

神の真理にかけて、おれはマデンバを小さな子どものように泣かせた。それは三度目にやつが殺すよう懇願してきたときで、そうしながらやつは糞尿を垂れ流し、散らばり、川蛇みたいにぬめっているはらわたを掻き集めようと右手で泥を探った。やつはいった。「神の慈悲にかけて、そしてわれらが偉大な聖者《マラブー》の慈悲にかけて、おまえがおれの兄弟なら、アルファ、おまえがほんとうにおれの思うとおりのやつなら、生贄の羊にするみたいにおれの喉を掻き切ってくれ。死神がその口でおれの体を喰《く》い荒らすのを止めてくれ！　おれをこの生き地獄に捨て置かないでくれ。アルファ・ンディアイ……アルファ……頼む、喉を掻き切ってくれ！」

だが、まさにやつがわれらが偉大なマラブーを持ち出したせいで、まさにそのせいで、人間の掟に、先祖たちの掟に背くまいとおれは人間ではなくなり、そしておれはマデンバを、おれの兄弟以上の存在を、おれの幼なじみを、涙をあふれさせ、切り裂かれた腹にはらわたを戻そうと震える手で戦場の泥をまさぐらせたまま死なせてしまった。

ああ、マデンバ・ディオップ！　おまえが息絶えたときようやく、おれはまともに考えはじめた。おまえが死んだとき、あの黄昏どきにようやく、おれは知った、わかった、おれはもう、義務の声に、命じる声に、進むべき道を強《し》いる声に耳を貸すことはないだろう、と。けれども、遅すぎた。

おまえが死んだとき、ようやくおまえの手の震えが収まり、ようやく平穏が訪れ、ようやく死がおまえを地獄の苦しみから解放したときおれは初めて、待ってはいけなかったと考えた。突然わかったのだがひと息分遅すぎた。おまえに頼まれたときすぐに、おまえの眼がまだ乾いているうちに、おまえの左手がおれの手を握っているうちに、おれはおまえの喉を掻き切るべきだったのだ。内側を外側に飛び出させ、生きたままハイエナたちに貪られる老いた孤独なライオンのようにおまえを苦しませてはいけなかったのだ。あやまった理《ことわり》に、うわべを取り繕うため真心を失った出来あいの考えにとらわれ、おれはおまえに懇願させてしまった。

ああ、マデンバ！　あの戦いの朝すぐに、おまえがまだおれに穏やかに、気安く、声に微笑みをにじませて頼んできたときすぐにおまえを殺さなかったことを、おれがどんなに悔やんだことか！　あのときおまえの喉を掻き切れば、それはおれがおまえにしてやれた人生最後の気の利いた冗談で、とこしえに友だちでいるための方策だっただろう。けれども、おれはそうする代わりにおまえを気の触れた子どものようにおれに毒づかせ、涙を流させ、泡を吹かせ、わめかせ、糞《くそ》を垂れ流させながら死なせてしまった。よくわからない人間の掟の名のもとに、おまえを生き地獄に捨て置いた。たぶん、おれ自身の魂を救うために。たぶん、おれを育ててくれた人たちが、神と世間を前にしてかくあるべしと望むおれでいるために。けれども、おまえ、マデンバを前にして、おれは人間ではいられなかった。

おまえにおれを呪わせ、おまえに、おれの友に、おれの兄弟以上の存在に、わめかせ、罵らせた。まだ自分の頭で考えることができなかったから。

だがおまえが、ぶちまけた自分のはらわたにまみれて喘《あえ》ぎながら死ぬとすぐに、おれの友が、おれの兄弟以上の存在であるおまえが死ぬとすぐに、知った、わかった、おれはおまえを捨て置いてはいけなかったのだ。

おれはおまえの残骸のそばに横たわって少し待ち、青い、深々と青い宵の空を、その日最後の曳光弾《えいこうだん》のきらめく尾っぽが横切っていくのを眺めた。そして血に染まった戦場に静けさが訪れるとすぐに、考えはじめた。おまえはもう、死肉の寄せ集めでしかなかった。

おれは、手が震えるせいでおまえが日中しようとして果たせなかったことをした。まだ生温かいおまえのはらわたを厳《おごそ》かに掻き集め、神聖な器に入れるみたいにしておまえの腹に戻したのだ。薄闇のなか、おまえがおれに微笑んだみたいに見え、おれはおまえをおれたちのところに連れて帰ることにした。夜の冷気のなか、おれは軍服の上着とシャツを脱いだ。そして、シャツをおまえの体の下に差し入れておまえの腹の上で左右の袖を縛り、二重結びできつくきつく縛ったその結び目は、おまえの黒い血に染まった。おれはおまえの体を抱きかかえ、塹壕まで運んだ。おまえを、おれの兄弟以上の存在を、おれの友を、子どもを抱くみたいにしてかかえこみ、泥のなかを、砲弾が穿《うが》った血と泥水の溜《た》まった穴のなかを、人肉を漁《あさ》ろうと土のなかから這《は》い出してきたネズミどもを蹴散らしながら、ひたすらえんえんと歩いた。そしておまえを両腕にかかえながら、おまえに赦《ゆる》しを乞いながら、自分の頭で考えはじめた。ようやくそのときおれは知った、わかった、おまえが乾いた眼で頼んできたときに、まるで幼なじみにちょっとした頼みごとをするように、当然のことのように、気軽に穏やかに頼んできたときに、おれがなにをするべきだったかを。赦してくれ。

2

おれは眠った子どものようにぐったり重たいマデンバをかかえながら、穴ぼこだらけの大地を長いあいだ歩いた。敵に見逃されたまま、満月の光に包まれながら、大地に大きく穿たれたおれたちの塹壕に帰り着いた。遠くから見たおれたちの塹壕は、巨大な女の性器の半びらきになった二枚の唇のようだった。戦争に、砲弾に、おれたち兵士に身を任せて股を広げる女の。それが自分に考えるのを許した、口には出せない最初のことがらだった。マデンバが死ぬ前なら、そんなことは考えもしなかっただろう。塹壕を見て、おれたちを、マデンバとおれを迎え入れようとしている女の特大の性器みたいだなんて思いもしなかっただろう。大地の内側が外側にあり、おれの頭の内側が外側にあり、そしておれは知った、わかった、ほかの人に知られないかぎり、おれはなんでも好きに考えられる。そこでおれは自分の考えをしげしげと観察し、そのあと頭の内側にふたたび閉じこめた。奇抜な考えを。

彼らはおれを英雄扱いで大地の腹のなかに迎え入れた。煌々《こうこう》とした月明かりのもと、おれはマデンバをかかえ、やつの腹にきっちり巻いたおれのシャツの結び目からやつのはらわたがずるずるはみ出していたことに気づかないまま歩いてきた。連中はおれが両腕に人間の残骸をかかえているのを見て、おれを強くて勇敢だといった。自分だったらこんなまねはできないだろう、マデンバ・ディオップをネズミたちのもとに捨ててきただろう、はらわたを厳かに掻き集め、やつの体の神聖な器に戻すことなどできなかっただろう、と。こんなにも煌々とした月明かりのもと、敵から丸見えの状態で、こんなにも長い道のりを歩いてやつを運びはしなかっただろう、と。おまえは勲章に値する、戦功章をもらうだろう、家族は誇りに思うだろう、マデンバは天からおまえを見て誇りに思うだろう。われらがマンジャン将軍ですら、おまえを誇りに思うだろう。そしてそのとき、おれは考えた。勲章なんておれにとってはどうでもいい。けれども誰もそれを知ることはない。誰もマデンバがおれに三度殺してくれと懇願し、おれが三度拒んだのも、義務の声に従おうとしておれが人間ではなかったのも知ることはない。けれども、おれはもう、それらの声に耳を貸さなくていい。人間でいなければならないときに人間でなくなるよう命じるそれらの声に、もう従わなくていい。

3

塹壕のなかでおれはほかの連中とおなじように過ごし、ほかの連中とおなじように飲み喰いした。ほかの連中とおなじように歌うこともあった。おれの歌は調子っぱずれで、おれが歌うとみんなが笑った。彼らはいった。「きみらンディアイ一族の人間は、歌えないな」やつらはおれのことを少しばかりからかっていたが、一目置いていた。おれが彼らをどう考えているか、向こうは知らなかった。おれはやつらを、ばかだ、考えなしだ、と考えていた。なにも考えていないからだ。兵士たちは黒人でも白人でも、例外なく「了解《ウイ》」と返事する。攻撃してこいと命じられれば、身を守ってくれる塹壕から飛び出して敵から丸見えになるのもいとわずに、「了解《ウイ》」という。敵を怖気《おじけ》づかせるため野蛮に振る舞えと命じられれば、「了解《ウイ》」という。隊長はやつらに、敵は野蛮な黒人を、人喰い人種を、ズールー族を怖がっているといい、やつらは笑った。やつらは向こう側の敵に恐怖を植えつけられたら満足だ。自分の恐怖を忘れられたら満足だ。だから左手に小銃を、右手に山刀《やまがたな》を持って塹壕を出ていくとき、大地の腹から飛び出していくとき、自分の顔に狂人の眼を貼りつける。隊長に、きみたちは立派な兵士だ、といわれたから、歌いながら勇んで殺されにいく、狂気を競いあう。ディオップたるもの、ンディアイのやつより腰抜けだ、などといわれたくないから、アルマン隊長のホイッスルの鋭い音が鳴り響くとすぐに、野蛮人のようにわめき声をあげて穴から飛び出していく。似たような競いあいは、ケイタの一族とソマレの一族のあいだにもある。ディアロとファイ、カンとチュン、ディアネ、クルマ、ベェイ、ファコリ、サル、ディエン、セック、カ、シセ、ンドゥール、トゥレ、カマラ、バ、ファル、クリバリ、ソンコ、シ、シソホ、ドラメ、トラオレのあいだにも。

みんな、なにも考えずに死んでいく。それもこれも、アルマン隊長がこういったからだ。「きみたちは、きみたちブラックアフリカのチョコレートは、生まれながらにして勇者中の勇者だ。フランスは謝意をこめてきみたちを称賛している。新聞を飾るのはもっぱら、きみたちの活躍だ！」というわけで、彼らは左手に制式小銃を、右手に野蛮な山刀を持ち、手のつけられない狂人のようにわめき声をあげながら、勇んで大地の腹を飛び出してどんどん殺されにいく。

けれどもおれ、アルファ・ンディアイは、隊長の言葉がちゃんとわかった。おれがなにを考えているか誰も知らないし、おれはなんでも好きに考えられる。おれが考えているのは、人がおれに考えさせまいとしていることだ。隊長の言葉の裏には、考えもつかないことが隠されている。隊長のフランスが必要としているのは、おれたちが都合よく野蛮人みたいに振る舞うことだ。おれたちが野蛮であることだ。なぜなら敵がおれたちの山刀を恐れるからだ。知っている、わかっている、それはもうそんなに難しいことじゃない。隊長のフランスが必要としているのはおれたちの野蛮さで、そしておれたちは、おれとほかのやつらは従順だから、野蛮人を演じる。敵の肉を切り裂き、手足をもぎ、首を切り落とし、腹をえぐる。トゥクルール族、セレール族、バンバラ族、マランケ族、ススー族、アウサ族、モシ族、マルカ族、ソニンケ族、セヌフォ族、ボボ族、そしてほかのウォロフ族の戦友とおれの唯一のちがいは、やつらとおれの唯一のちがいは、おれは考えた末に野蛮になっているということだ。連中は大地から飛び出したときだけ茶番を演じているが、おれのほうは、身を守ってくれる塹壕にいるときだけ連中を相手に茶番を演じている。やつらを相手におれは笑い、調子っぱずれの歌さえ歌っていたが、彼らはおれに一目置いていた。

おれが塹壕から飛び出して地べたに伏せたら最後、塹壕がわめき声をあげながらその腹からおれを産み落としたら最後、敵は必死に持ちこたえるしかなかった。撤退の合図を機におれが戻ったためしはなかった。塹壕に戻るのはもっとあとになってからだった。隊長はそれを承知していて、おれがいつも無事に、いつも微笑みを浮かべて戻ってくるのに驚きながらおれの好きにさせた。ずいぶん遅くに戻っても好きにさせた。それというのも、おれが塹壕に勝利の記念品を持ち帰ってきたからだ。野蛮な戦利品を持ち帰ってきたからだ。おれはいつも戦闘の終わりに、漆黒の夜に、あるいは月明かりと血に濡《ぬ》れた夜に、敵の小銃と手を対にして持ち帰った。小銃を持った手、握った手、拭いた手、油をさした手、弾をこめ、弾を撃ち、ふたたび弾をこめた手を。というわけで、撤退のホイッスルが鳴ったあと、隊長と、そして身を守ってくれるじめじめしたおれたちの塹壕に無事に帰り着いて身を潜めた仲間たちは、ふたつの問いを発した。ひとつ目。「あのアルファ・ンディアイは、無事におれたちのところに戻ってくるんだろうか？」ふたつ目。「あのアルファ・ンディアイは、小銃とそれを持っていた敵の手を対にして持ち帰ってくるんだろうか？」そしておれはいつも彼らより遅くに、ときに敵の銃弾にさらされながら大地の腹のなかに戻ってきた。隊長がいうように、風が吹こうが、雨が降ろうが、雪が舞おうが。そしておれはいつも敵の小銃と、それを持ち、握り、拭き、油をさし、弾をこめ、弾を撃ち、ふたたび弾をこめた手を携えていた。そして、戦闘のあった日の晩に例のふたつの問いを発していた隊長とまだ生き残っていた仲間たちは、敵の銃撃音と叫び声を聞いて喜んだ。やつらはいった。「ほら、アルファ・ンディアイが戻ってきたぞ。けれどもはたしてあいつは、敵の小銃と切り落とされた手を対にして持ち帰ってきたんだろうか？」一挺《いっちょう》の小銃と、一本の手を。

　勝利の記念品を携えて部隊に戻ると、連中がおれをとてつもなく歓迎しているのがわかった。おれのために食べものを取っておいてくれたし、タバコの吸い殻も何本か取っておいてくれた。おれが戻ってきたのを見て大喜びするあまり、おれがどんなふうにしたか、敵の小銃と切り落とされた手をどんなふうにして手に入れたかたずねることはまるでなかった。おれのことが大好きだったから、おれが戻ってきてとても喜んだ。おれはやつらの守り神《トーテム》になった。おれが持ち帰った手を見て彼らは、自分たちがもう一日生きながらえたことを実感した。体の残りをどうしたかたずねてくることもまるでなかった。どんなふうにして敵を捕まえたかはどうでもよかった。どんなふうにして手を切り落としたかもどうでもよかった。連中が気になるのは結果であり、野蛮さだった。そして、少し前から向こう側の敵たちは手を切り落とされるのではないかととてつもなく恐れているはずだと考え、おれに冗談をいった。それなのに隊長も仲間たちも、おれが敵をどんなふうにして捕まえたか、その場で体の残りをどうしたか、知らなかった。おれが敵にしたことを少しも想像できなかった。向こう側の敵の恐怖を少しも想像できなかった。

大地の腹から出ていくとき、おれはみずから進んで人間ではなくなる、ほんの少し人間ではなくなる。隊長に命じられたからじゃない。自分で考え、望んだからだ。わめき声をあげて大地の腹から飛び出すとき、おれは向こう側の敵を大勢殺そうとするわけじゃない。そのうちのたったひとりを殺そうとする。おれのやり方で、静かに、落ち着いて、ゆっくりと。左手に小銃を、右手に山刀を持って大地から出ていくとき、仲間にはそれほど注意を払わない。やつらはもはや他人だ。やつらはおれのまわりで倒れこむ。地べたに顔をつけて、ひとり、またひとりと。そしておれのほうは、走る、撃つ、地べたにさっと伏せる。走る、撃つ、鉄条網をかいくぐって這いすすむ。たぶん、やみくもに撃ちまくったせいで、心ならずも偶然、敵をひとり殺してしまったかもしれない。たぶん。けれどもおれが、このおれが望むのは、体と体のぶつかりあいだ。だからおれは走り、撃ち、地べたにさっと伏せ、這いすすみ、向こう側の敵のぎりぎりまで近づこうとする。敵の塹壕が見えてきてもひたすら這いすすみ、そのあと少しずつほとんど動かなくなる。死んだふりをする。敵のひとりを捕まえようとじっと待つ。穴からひとり、出てくるのを待つ。夕方の休戦を、休止を、撃ち方やめの号令を待つ。

夕方頃、弾を撃つ者がもういなくなると必ず、砲弾が穿った穴に隠れていた兵士がひとり、塹壕に戻ろうと抜け出してくる。そこでおれは、山刀でそいつの膝の裏を切りつける。たやすいことだ。なにしろ相手はおれが死人だと思いこんでいる。向こう側の敵はおれに気づかず、おれは数ある死体のなかのひとつにすぎない。そいつにとっておれは、やつを殺すため死者たちのあいだからよみがえってきた者だ。そんなわけで向こう側の敵は、恐怖のあまり、膝の裏側を切りつけられても叫ぶことすらできない。地べたにばったり倒れこむ、それだけだ。そんなわけでおれは、相手の武器をぶんどり、猿轡《さるぐつわ》をかませる。両手を背中で縛りあげる。

簡単なときもある。手こずるときもある。おとなしくない者もいる。往生際の悪い者もいる。じたばた暴れる者もいる。そんなわけでおれは、音もなくやつらを気絶させる。それというのもおれはまだ二十歳《はたち》で、おれは隊長がいうように、只者《ただもの》ではないからだ。そのあと、敵の軍服の片袖か、あるいは軍靴《ぐんか》の片方をつかみ、隊長がいうところの誰のものでもない大地を、大きなふたつの塹壕のあいだを、砲弾が穿った穴のなかを、血だまりのなかを這いすすみながらそろそろとそいつを引きずる。隊長がいうように風が吹こうが、雨が降ろうが、雪が舞おうが、そいつが意識を取り戻すのを待つ。向こう側の敵を気絶させていた場合には、そいつが意識を取り戻すのを辛抱強く待つ。あるいは、砲弾が穿った穴に引きずりこまれた相手がおれのふいをつくためおとなしくしている場合には、自分の呼吸がととのうのを待つ。たがいが落ち着くのを待つ。そのあいだ、月明かりと星明かりのもと、相手をあまり昂《たかぶ》らせないように微笑みかける。けれども微笑みかけると、相手の頭にこんな疑問が浮かぶのがわかる。「この野蛮人はなにをするつもりだ？　おれをどうするつもりだ？　喰うつもりか？　辱めるつもりか？」おれは向こう側の敵の考えを好きなように考えられる。それというのも、おれは知っているからだ、わかっているからだ。敵の青い眼をじっと見つめると、そこにはよく死への、野蛮さへの、辱めへの、人喰いの風習への激しい恐怖が映っている。その眼を見れば、おれについて人がやつになんといっていたか、会ったこともないおれをやつがどう思っていたかがわかる。微笑みながら見つめてくるおれを見て、おそらくやつはこう考えているのだろう。あいつらの話は嘘《うそ》じゃなかった、月のあるなしにかかわらず夜の闇に白く光るあの歯で、こいつはおれを生きたまま貪るか、あるいはもっとひどいことをするつもりだ。

恐ろしいのは、おれが呼吸をととのえたあと、向こう側の敵の服を脱がせるときだ。軍服の上着のボタンをはずすと、その瞬間、敵の青い瞳が曇る。その瞬間、相手が最悪のことを恐れているのを感じる。勇敢でも臆病でも、肝《きも》が据わっていてもおびえていても、おれが彼の上着の、次《つ》いでシャツのボタンをはずし、月明かりのもと、雨のもと、あるいはやさしく降る雪のもと、その真っ白な腹をむき出しにすると、その瞬間、向こう側の敵の眼が少し翳《かげ》るのを感じる。みんなおなじだ。大きいやつも、小さいやつも、太っているやつも、勇敢なやつも、おびえているやつも、誇り高いやつも、彼らのひくひく震える白い腹を見つめているおれを見て、まなざしが翳る。みんなおなじだ。

そこでおれはいっとき心を澄ませ、マデンバ・ディオップのことを考える。そしてそのたび頭のなかに、喉を掻き切ってくれと懇願するやつの声が響き、やつに三度懇願させたおれは人間ではなかったと思う。今度は人間でいようと考え、向こう側の敵が三度懇願するのを待たずに殺してやろうと思う。友にしなかったことを、敵にしてやろうと思う。人間として。

おれが山刀をつかむのを目にして、向こう側の敵の青い眼から光がふつりと消える。最初のとき、向こう側の敵はおれを蹴りつけ、立ちあがって逃げようとした。だからそれ以来、向こう側の敵の足首も縛っている。そんなわけで、おれが右手に山刀を持つとすぐに、向こう側の敵は手のつけられない狂人のように身をよじる。おれから逃れられると思っているのだろう。そんなことは無理なのに。きつく縛られているから逃げられやしないと向こう側の敵もわかっているはずなのに、やつらは望みを捨てきれない。そしておれは彼らの青い眼のなかに、マディンバ・ディオップの黒い眼のなかに読みとったのとおなじ思いを見てとる。長く苦しませないでくれ、という思いを。

あらわになった白い腹がぎくしゃくと上下する。向こう側の敵が突如、口をふさぐためおれがきつく嚙《か》ませた猿轡のおかげで声もなく喘ぎ、叫ぶ。腹の内側をそっくりつかんで外側に出し、雨に、風に、雪に、あるいは月明かりにさらすとき、声もなく叫ぶ。その瞬間、彼の青い瞳からとこしえに光が消えない場合には、おれはそばに横になり、彼の顔をおれのほうに向け、彼が死んでいくのを少しだけ眺め、それから喉を掻き切ってやる。すばやく、人間として。夜、すべての血は黒い。

4

神の真理にかけて、マデンバ・ディオップが死んだ日、おれは戦場で腹を裂かれたやつをすぐに見つけた。知っている、わかっている、やつの身になにが起こったか。それはマデンバが語ってくれたからだ。あいつの手がまだ震えておらず、あいつがおれにまだ穏やかに、気安く、殺してくれと頼んできたときに。

やつは左手に小銃を、右手に山刀を持って向こう側の敵に突撃しているさなかに、戦闘のさなかに、野蛮を演じる茶番のさなかに、死んだふりをしていた向こう側の敵に出くわした。さらに前進しようとしていたやつは、通りすがりにふと、その男を見ようと身をかがめた。死体に見せかけていた敵を見ようと立ち止まった。そして男の顔をまじまじと見た。ひょっとして、という思いが頭をかすめたからだ。ほんの一瞬。向こう側の敵の顔は、白人や黒人の死体の顔みたいに灰色ではなかった。その男は、死の茶番を演じているみたいに見えた。容赦してはならない、山刀で殺さなければならない、マデンバはそう考えた。なおざりにしてはならない。死んでいるのか生きているのか判然としないこの向こう側の敵を、念のために殺し直さなければならない。戦友が、ここを通りかかる仲間が、だまし討ちに遭ってあとあと後悔することがないように。

死んでいるのか生きているのか判然としない敵から守ってやらなければならない戦友たちのことを、仲間たちのことを考えているあいだ、自分以外の者たちが、たぶんおれが、つまりやつのすぐあとを追っていた兄弟以上の存在がだまし討ちに遭うのではないかと考えているあいだ、ほかの人たちのために用心しなければならないと考えているあいだ、やつは自分の身の用心を怠った。マデンバはまだ穏やかに、気安く、微笑みを浮かべながらいった。敵が眼をぱちりとあけ、大きな外套《がいとう》の裾の下に右手で隠し持っていた銃剣で、下から上へ、おれの腹をさっと一気に切り裂いたのだ、と。死んでいるのか生きているのか判然としない敵にひどいことをされても、マデンバはまだ微笑みを浮かべながら静かに語った。まるでなすすべがなかった、と。やつはそれを最初の頃、まだひどく苦しんではいない頃、つまり殺してくれと一度目に気安く懇願してくる少し前におれに語った。おれに、やつの兄弟以上の存在に、アルファ・ンディアイに、あの老いた人の末の息子に、一度目に懇願する前に。

マデンバが反撃をする前に、やり返す前に、まだたっぷり命に余裕のあった敵は、自分の戦線へ逃げ出した。一度目と二度目の懇願のあいだにおれは、おまえの腹を裂いた向こう側の敵がどんなだったか教えてくれ、とマデンバにいった。「青い眼だった」、マデンバはそうつぶやいた。そのときおれはやつのそばに横になり、金属の筋がついた空を眺めていた。おれがしつこくたずねると、こういった。「神の真理にかけて、おれがいえるのは、青い眼だったということだ」おれは何度も何度もたずねた。「大きかったか、小さかったか？　見てくれはよかったか、よくなかったか？」するとマデンバ・ディオップはそのたびおれに、おまえが殺さなければならないのは向こう側の敵じゃない、もう手遅れだ、敵は運よく生き延びた、といった。おれが殺し直さなければならないのは、とどめを刺さなければならないのは、やつ、マデンバだった。

けれども神の真理にかけて、おれはマデンバの、おれの幼なじみの、おれの兄弟以上の存在のいうことをちゃんと聞いてはいなかった。神の真理にかけて、青い眼の敵の、死んでいるのか生きているのか判然としないやつの腹をえぐることばかり考えた。向こう側の敵の腹を裂くことばかり考え、おれのマデンバ・ディオップをないがしろにした。復讐《ふくしゅう》の声に耳を傾けた。おれはマデンバ・ディオップが二度目に懇願したときからもう、人間ではなかった。やつはおれにいった。

「青い眼の敵のことは忘れろ。いますぐおれを殺してくれ、ひどく苦しいんだ。おれたちはおなじ年頃で、おなじ日に割礼を受けた。おまえはおれの家で暮らし、おれはおまえの眼の前で成長し、おまえはおれの眼の前で成長した。だからおまえはおれをからかえるし、おれはおまえの前で泣ける。おまえになんでも頼みごとができる。おれたちはたがいを兄弟として選びとったから、兄弟以上の存在だ。だから頼む、アルファ、こんなふうに死なせないでくれ。はらわたをさらけ出し、たまらない痛みに腹を貪られたまま死なせないでくれ。相手が、青い眼の敵が、大きかったか小さかったか、見てくれがよかったかよくなかったか、おれは知らない。おれたちみたいに若かったか、おれたちの父親みたいな歳だったか、おれは知らない。相手は運よく逃げおおせた。いまとなってはそいつのことなどどうでもいい。おまえがおれの兄弟、おれの幼なじみならば、おれがこれまでずっと知っていて、おれが母と父を愛するように愛しているやつならば、頼む、これで二度目だ、どうか喉を掻き切ってくれ。おれが小さな子どものようにうめくのを聞くのが楽しいか？　おれの自尊心が恥に駆られて逃げ出すのを見るのが楽しいか？」

なのに、おれは拒んだ。ああ！　おれは拒んだ。赦してくれ、マデンバ・ディオップ、おれの友、おれの兄弟以上の存在よ、おまえの言葉を心の耳で聞かなかったことを、赦してくれ。おれは知った、わかった、おれの心を、青い眼の向こう側の敵へ向けてはいけなかった。知っている、わかっている、おまえがまだ死んでもいないうちから、おれはおまえの涙で耕され、おまえの叫びで種を蒔《ま》かれた頭のなかで、復讐を要することがらについて考えてはいけなかった。それからおれは、おまえの苦しみを聞き流すよう強いる、威厳のある堂々とした声を聞いた。「おまえの心腹の友を、兄弟以上の存在を殺《あや》めてはならない。彼の命を奪うのはおまえの役目ではない。神の手を気どってはならない。悪魔の手を気どってはならない。アルファ・ンディアイ、おまえはマデンバの命を奪ったのは自分だ、青い眼の敵がやりかけた仕事を終わらせたのは自分だと知りながら、彼の父親と母親の面前に立つことができるのか？」

いや、知っている、わかっている、おれは頭のなかでとどろいたあの声に耳を傾けてはいけなかった。手遅れにならないうちに、あの声を黙らせなければならなかった。あのときすでに自分の頭で考えはじめなければならなかった。おれはマデンバを、おまえを、友情の名のもとに殺さなければならなかった。そうすればおまえは、釣りあげられたばかりの魚のように空気を取りこもうとしながら泣くのを、もがくのを、腹から飛び出したものを内側に戻そうと身をよじるのをやめられたはずなのだ。

5

神の真理にかけて、おれは人間ではなかった。友の言葉を聞かずに敵の言葉を聞いた。だから向こう側の敵をとらえたとき、その青い眼のなかに戦争の空へ発せられることのない叫びを読みとったとき、相手の裂かれた腹が生肉の屑《くず》でしかなくなったとき、おれは埋めあわせをするため、敵にとどめを刺す。眼で二度目に懇願されるとすぐに、生贄の羊にするみたいに喉を掻き切ってやる。マデンバ・ディオップにしてやれなかったことを、青い眼の敵にしてやる。人間に戻って。

それから山刀で右手を切り落とし、小銃を取りあげる。それは時間のかかる、とてつもなく厄介な作業だ。鉄条網をかいくぐり、ぬかるむ泥から突き出している尖《とが》った木杭《きぐい》の列をくぐり抜けながら仲間たちのところに這いもどるとき、女が天に向かって股を広げているようにぱっくりあいたおれたちの塹壕に戻るとき、おれは向こう側の敵の血にまみれている。おれは泥と血をまぜてつくった彫像みたいで、ネズミどもでさえ逃げ出すほどくさい。

おれのにおいは死のにおいだ。死は、神聖な器から飛び出した体の内側のにおいがする。外の空気に触れれば、人間であれ動物であれ、どんな生きものの体の内側も腐る。大富豪から大貧民まで、並はずれた美女から並はずれた醜女《しこめ》まで、いっとう賢い動物からいっとう愚かな動物まで、きわめつきの強者からきわめつきの弱者まで、例外はない。死、それは体の内側が腐るにおいで、ネズミどもでさえ、鉄条網をかいくぐっておれが這いもどってくるのを感じとると恐怖におののく。死神が動きまわり、自分たちのほうへ向かってくるのを目にして浮き足立ち、おれから逃げる。ネズミどもは、おれたちが暮らす塹壕のなかでもおれを避ける。おれが体と服を洗ったあとでも。たとえ身を清めたと思ったあとでも。

6

おれの仲間、おれの戦友たちは、四本目の手からおれを恐れはじめた。最初、やつらはおれと一緒に上機嫌で笑い、おれが敵の小銃と手を自分たちのところに持ち帰るのを見て面白がった。おれの仕事ぶりに大いに満足し、おれにもうひとつ勲章を与えようとさえ考えた。けれども敵の手が四本になると、もうあっけらかんと笑うことはなくなった。白人の兵士たちの眼を見れば、こう考えはじめているのが読みとれた。「このチョコレートは、かなりの変人だな」さらにほかの兵士たちの、つまりおれとおなじ西アフリカから来たチョコレートの兵士たちの眼を見れば、こう考えはじめているのも読みとれた。「セネガルのサン＝ルイ近くのガンディオル村から来たこのアルファ・ンディアイってやつは、変人だな。いつからこんなに変わってたっけ？」

隊長がいうところのチョコレートたちもトゥバブ（仏語圏西アフリカで白人を指す言葉）たちもおれの背中を叩《たた》きつづけたが、その笑いと微笑みは変化した。連中はおれをとてつもなくひどく恐れはじめた。敵の手が四本目を数えたときから、ひそひそ話をしはじめた。

三本目の手まで、おれは伝説だった。やつらはおれの帰りを祝い、食べものの上等なところをおれに分け、タバコをくれ、おれが大量の水で体を洗ったり、軍服を洗ったりするのに手を貸した。おれは彼らの眼に感謝の気持ちを読みとった。おれは連中に代わって、野蛮の度がすぎる野蛮人を、特別な任務にあたる野蛮人を演じていた。向こう側の敵は軍靴のなかで、ヘルメットの下で震えていたはずだ。

最初、おれの戦友たちはおれの死のにおいを、人肉を切り刻む肉屋のにおいを気にしていなかった。けれども四本目の手からは、おれのにおいを嗅ぐのを避けるようになった。相変わらず食べものの上等なところをおれに分け、そこここで拾い集めてきたタバコの吸い殻をくれ、体を温めるのに毛布を貸してくれたりしたが、恐怖に引きつる兵士の顔に微笑みの仮面を貼りつけていた。おれが大量の水で体を洗うのにもう手を貸したりしなかった。おれひとりで軍服を洗わせた。突如、もう誰もおれの肩を叩きながら笑いかけなくなった。神の真理にかけて、おれは触れてはいけない存在になった。

というわけで、やつらは碗《わん》、コップ、フォーク、スプーンをそれぞれひとつずつおれに割りあて、塹壕の隅に置いた。攻撃に出た日、隊長がいうように風が吹こうが、雨が降ろうが、雪が舞おうが、夜遅く、ほかの人たちよりずっとあとになって戻ってくると、炊事当番兵はおれに食器を取ってこいといった。そしてスープをよそうとき、杓子《しゃくし》がおれの碗の底にも側面にも縁にもつかないようとてつもなく気をつけた。

噂《うわさ》が駆けめぐった。噂は服を脱ぎ捨てながら駆けめぐり、少しずつ破廉恥《はれんち》なものになった。はじめはきちんと服を着て、はじめはきちんと恰好《かっこう》をつけ、きちんと軍服をまとってきちんと勲章をつけていたのに、しまいには恥知らずにも、尻を丸出しにして駆けめぐった。おれはそれにすぐには気づかなかった。はっきりとは見えず、それがなにをもくろんでいるのかわからなかった。みんながみんな、噂が眼の前を駆け抜けるのを見たが、おれにちゃんと説明してくれる人はいなかった。けれどもついにおれはささやかれている言葉をとらえ、変人が狂人に、次いで狂人が妖術使いになったのを知った。妖術使いの兵士に。

戦場に狂人はいらない、などとはいわせない。神の真理にかけて、狂人はなにものも恐れない。ほかの連中は、白人であれ黒人であれ、狂人を演じている。向こう側の敵の銃弾の雨のなかにおとなしく飛びこんでいけるように、手のつけられない狂気の茶番を演じている。やつらは狂人を演じることで、ひどく怖がることなく死に向かって突進できる。狂人でなければ、塹壕に生きて戻れるチャンスは万にひとつもないと知りながら、アルマン隊長の出撃のホイッスルに従うことなどできやしない。神の真理にかけて、狂人でなければ、野蛮人のようにわめき声をあげて大地の腹から飛び出すことなどできやしない。向こう側の敵の銃弾は、金属の空から降ってくる大きな粒は、わめき声を恐れない。頭や肉を貫き、骨を砕き、命を断つのを恐れない。いっときの狂気は、銃弾の真実を忘れさせてくれる。戦争においていっときの狂気は、勇気に似ている。

けれども、絶え間なく、休みなく、いつでも狂っていると思われてしまうと、戦友でさえ怖がるようになる。そうなるともう、勇敢な兄弟、死神だましではなくなり、死神の親友、相棒、死神の兄弟以上の存在になりはじめる。

7

黒人であれ、白人であれ、兵士の全員にとっておれは死神になった。おれはそれを知っている、わかっている。トゥバブの兵士であれ、おれのようなチョコレートの兵士であれ、やつらはおれを妖術使い、人間の内側を貪る者、つまり〝デム〟だと考えている。おれはもともと〝デム〟で、戦争のせいでそれが明るみになったのだ、と。素っ裸になった噂は、おれがマデンバ・ディオップの、おれの兄弟以上の存在の内側を、やつが死んでもいないうちから喰らったと吹いてまわった。恥知らずな噂は、おれのことを警戒しろと呼びかけた。尻を丸出しにした噂は、おれが向こう側の敵の内側だけでなく、味方の内側も貪ったといいふらした。破廉恥な噂はこう告げた。「気をつけろ、用心しろ。あいつは切り落とした手をどうしてる？　おれたちに見せたあと、手は行方不明だぞ。気をつけろ、用心しろ」

神の真理にかけて、おれ、アルファ・ンディアイは、あの老いた人の末の息子は、噂がはすっぱな少女みたいに恥知らずにも裸同然の恰好でおれを追いかけまわすのを目にした。とはいえ、トゥバブもチョコレートも、噂がおれを追いかけまわすのを眺め、通りすがりにその腰巻きを剝《は》ぎとり、にやにや笑いながらその尻をつねるいっぽうで、相変わらずおれに微笑み、話しかけた。何気《なにげ》ないふうを装って、表側では愛想よく、けれども内側ではびくつきながら。どんな猛者《もさ》も、どんな強者《つわもの》も、どんな勇者も。

おれたちを大地の腹から飛び出させ、敵の小さな鉄の粒がこちらのわめき声などおかまいなしに降りそそぐ場所へ野蛮人のように、いっときの狂人のように向かわせるため隊長が出撃のホイッスルを吹こうとするとき、誰ももう、おれのとなりに並ぼうとしなくなった。戦争の喧騒《けんそう》に包まれながら大地の熱いはらわたを出ていくとき、誰ももう、おれのとなりに立とうとしなくなった。誰ももう、おれのかたわらで向こう側から飛んできた弾にあたって倒れることに耐えられなくなった。神の真理にかけて、おれはたったひとりで戦争に取り残された。

そんなふうにして、四本目のあと、敵の手はおれに孤独をもたらした。黒人と白人の戦友たちの微笑み、ウィンク、励ましに囲まれた孤独を。神の真理にかけて、やつらは妖術使いの兵士の呪いを、死神の友人が招く不幸をわが身に引きつけないようにした。それは知っている、わかっている。連中は深く考えない。とはいえ、ひとつ確かなのは、彼らがものごとにはすべて二重の面があると考えていることだ。そのことをおれは彼らの眼のなかに読みとった。やつらの考えはこうだ。人間の内側を貪る者が敵の内側を貪っているぶんにはいいが、戦友の内側を貪るのはよくない。妖術使いの兵士が相手では、なにが起こるかわからない。妖術使いの兵士にはとてつもなく用心しなければならない。気を遣い、微笑みかけ、あれこれやさしく話しかけなければならない。とはいえそれは遠くからで、決して近づいてはならず、触れてはならず、かすめてもならない。さもないと、死は免れない。さもないと、一巻の終わりだ。

というわけで、何本かの手のあと、アルマン隊長が出撃のホイッスルを吹くとき、やつらはおれの両側にたっぷり十歩はあいだをあけて立つようになった。大地の熱いはらわたからわめき声をあげて出ていく間際に、おれのほうを見るのを、おれに眼を向けるのを、ちらりと視線を投げるのを避ける者さえいた。おれを見ることは、これすなわち死神の顔、腕、手、背中、耳、脚に眼で触れるようなものだといわんばかりに。おれを見てしまったら、すでに死んだも同然だといわんばかりに。

人間はいつでも、出来事の責任を理不尽にも誰かに押しつけようとする。そんなものだ。そのほうが手っとり早い。それは知っている、わかっている、なんでも好きに考えられるようになったいまとなっては。白人にせよ黒人にせよ、おれの戦友たちに必要なのは、自分たちの命を奪う恐れがあるのは戦争じゃなくて呪いだと信じることだ。自分たちの命を偶然奪うのは、向こう側の敵が撃つ何千発の弾のひとつじゃないと信じることだ。連中は偶然を好まない。偶然はあまりに理不尽だから。そういうわけで、誰かに責任を押しつける必要に駆られ、自分たちにあたる敵の弾は、あこぎな人物、よこしまな人物、性悪な人物によって差し向けられ、導かれていると考えようとする。やつらはそのあこぎな人物、よこしまな人物、性悪な人物がおれだと考えている。神の真理にかけて、彼らはまともに考えられず、しかもほとんど考えない。連中はおれがあれらの攻撃をことごとく生き延びているのは、弾がひとつもおれにあたらないのは、おれが妖術使いの兵士だからだと考えている。おまけにおれのせいにしようとする。たくさんの戦友がおれのせいで、おれを狙った弾を受けたせいで死んだ、という。

というわけで、取り繕った見せかけだけの微笑みをおれに向ける者がいる。というわけで、おれが姿を見せると視線をそらす者がいる。さらにはおれの姿が視線に入らないよう、視線をかすめないよう、眼をつむる者も。おれはトーテムのように忌み憚《タブー》られる者になった。

ディオップ一族の、マデンバ・ディオップの、つまりあの強がり屋のトーテムはクジャクだった。やつはおれに「クジャクだってば」といい張り、おれはやつに「ただのカンムリヅルだろ」と応じていた。おれはよくいったものだ。「おまえのトーテムは飼いならされた鳥で、おれのは野獣だ。なんてったって、ンディアイ一族のトーテムはライオンだから。ディオップ一族のより、立派で気高いトーテムさ」おれは、おれの兄弟以上の存在であるマデンバ・ディオップに、おまえのトーテムはお笑い草だ、としつこくいうことさえできた。それというのも〝冗談の親戚〟の間柄（西アフリカには特定の姓や民族の者同士が冗談で侮辱しあって親交を結ぶ風習がある）が、おれたちふたつの家系のあいだの、おれたちふたつの家名のあいだの諍《いさか》いや仇討《あだう》ちに取って代わっていたからだ。〝冗談の親戚〟の間柄は、笑いやからかいでかつての屈辱を洗い流す働きをする。

けれどもトーテムは、もっと重大だ。トーテムは、タブーだ。トーテムになっている動物を喰うことはできないし、それを守る義務もある。ディオップ一族はクジャクなりカンムリヅルなりを、命をかけて危険から守らなければならない。なぜならそれが彼らのトーテムだから。いっぽう、ンディアイ一族はライオンを危険から守ってやる必要はない。なにしろライオンが危険にさらされることはない。だが、守ってやらなくてもライオンは決してンディアイの者を喰わないといわれている。それはたがいに守り守られる関係にあるからだ。というわけで、ディオップの者たちがクジャクなりカンムリヅルなりに喰われる心配もない。そのことを考えると、おれはどうしたって口もとが緩んでしまう。おれがマデンバ・ディオップに、ディオップの者はクジャクなりカンムリヅルなりをトーテムに選ぶなんて、あんまり頭がまわらなかったんだな、といったときに笑っていたやつの顔を思い出しながら、どうしたって口もとが緩んでしまう。「ディオップの一族は、クジャクみたいに考えなしの強がりだ。いばっちゃいるが、一族のトーテムは思いあがった鳥にすぎない」おれはこんな冗談でマデンバをからかい、笑わせていた。マデンバはただこう応じるだけだった。おれたちがトーテムを選ぶわけじゃない、トーテムがおれたちを選ぶんだ。

折り悪くも、やつが死ぬ日の朝、アルマン隊長が出撃のホイッスルを吹くほんの少し前、おれはやつのトーテムの思いあがった鳥の話をまた持ち出した。そしてそのせいで、やつは誰よりも早く外に出ていった。向こう側の敵めがけて、わめき声をあげて大地の腹を飛び出していった。おれたちに、塹壕とおれに、自分が強がりではないことを、勇敢であることを示すために。おれのせいで、やつは真っ先に外に出ていった。トーテムのせいで、〝冗談の親戚〟の間柄のせいで、おれのせいで、マデンバ・ディオップはあの日、死んでいるのか生きているのか判然としない青い眼の敵に腹を引き裂かれた。

8

マデンバ・ディオップはあの日、学があるのに、知識があるのに、考えなかった。知っている、わかっている、やつのトーテムをからかってはいけなかった。あの日まで、おれはちゃんと考えていなかった、口にすることの半分しか考えていなかった。友を、兄弟以上の存在を、誰よりも大声でわめかせて大地の腹から飛び出させてはいけない。兄弟以上の存在を、つかのまの狂気に導いてはいけない。カンムリヅルが一瞬たりとも生き延びられないような場所では。何カ月ものあいだ数千匹の鉄のバッタが絶えまなく喰い荒らしたかのような、ちっぽけな草一本、灌木《かんぼく》一本もう生えないような戦地では。なんの実りももたらさない、戦争の小さな金属の粒が何百万と蒔かれた野っ原では。肉食獣のために誂《あつら》えられ切り刻まれた戦場では。

そしていま、自分の頭で考えると決めて以来、なんでも好きなように考えてやると決めて以来、マデンバを殺したのは青い眼の向こう側の敵ではないとわかった。殺したのは、このおれだ。知っている、わかっている、マデンバ・ディオップがおれに殺すよう懇願してきたとき、おれがなぜそうしなかったかを。おれの心がおれにとてつもなく小さな声で、「おなじ人間を二度殺すわけにはいかない」とささやいたにちがいない。おれの心がおれに、「おまえはすでに幼なじみを殺したじゃないか」と耳打ちしたにちがいない。「戦闘の日、おまえがやつのトーテムをからかい、やつが大地の腹から真っ先に飛び出したときに。だから、このまま少し待て」おれの心がおれにとてつもなく小さな声でささやいたにちがいない。「少し待て。じきにマデンバがおまえの手を借りずに死んだとき、おまえはわかるだろう。頼まれたのにやつを殺さなかったのは、すでに始まってしまった汚い仕事を終わらせたのが自分だとあとあと自分を責めないようにするためだったとわかるだろう。少し待て」おれの心がおれに耳打ちしたにちがいない。「じきにマデンバ・ディオップの青い瞳の敵は自分だったとわかるだろう。おまえがおまえの言葉でやつを殺したのだ。おまえがおまえの言葉でやつの腹を裂き、おまえがおまえの言葉でやつの体の内側を貪ったのだ」

そこからおれが自分を〝デム〟、つまり魂喰《たまく》いだと考えつくまではほんのすぐで、隔たりも道のりもほとんどない。おれはいまやなんでも好きに考えられるようになったから、心の奥底で自分のことをどうとでも考えられる。そう、おれは自分が〝デム〟、つまり人間の内側を喰い荒らす者にちがいないと考えた。けれどもそう考えた直後、そんなことは信じられない、ありえない、と思った。あんなことをほんとうに考えたのは自分ではなかった。おれは自分の心の扉をあけっぱなしにしてほかの人たちの考えを招き入れ、自分の考えにしてしまったのだ。おれが耳を傾けていたのはもうおれの考えではなく、おれを恐れるほかの人たちの考えだった。自分がなんでも好きに考えているると考えるとき、ほかの人たちの変装をほどこした考えが、父や母の化粧で飾り立てた考えが、祖父のあちこち皺《しわ》を描《か》き足した考えが、兄弟姉妹や味方の、さらには敵の巧みに姿を隠した考えが、頭のなかをこっそり通り抜けていかないよう注意しなければならない。

というわけで、おれは〝デム〟、つまり魂喰いではない。それはそう考えているおれを恐れている人たちのほうだ。おれは野蛮人でもない。それはそう考えているおれのトゥバブの上官たちとおれの青い眼の敵のほうだ。おれ自身の考え、おれ自身のものである考えによれば、マデンバを死なせたほんとうのおおもとの原因は、マデンバのトーテムをネタにしたおれのからかい、おれの残酷な言葉だ。おれの口が悪かったせいで、やつはおれがすでに知っていることを、つまりやつが勇敢であることをおれに示すため、わめき声をあげて大地の腹から飛び出した。問題はおれがなぜ、おれの兄弟以上の存在のトーテムをあざ笑ったかだ。問題はおれの心がなぜ、攻撃の日、鉄のバッタの顎とおなじくらい残酷な言葉を生み出したかだ。

とはいえ、おれはマデンバを、おれの兄弟以上の存在を愛していた。神の真理にかけて、おれはやつをものすごく愛していた。やつが死ぬのがものすごく怖かった。ふたりして無事に元気でガンディオル村に帰りたいとものすごく願っていた。やつが生きていてくれるためなら、なんでもするつもりだった。戦場ではやつのあとをそこらじゅうついてまわった。アルマン隊長が、わめき声をあげておれたちが大地の腹から出ていこうとしているのを向こう側の敵にちゃんと伝えるために、おれたちに弾を雨あられと浴びせられるようちゃんと準備しろと向こう側の敵に伝えるために出撃のホイッスルを吹いた直後から、やつを傷つける弾がおれを傷つけるように、やつを殺す弾がおれを殺すように、やつを撃ちそこねる弾がおれを撃ちそこねるように、おれはマデンバに張りついた。神の真理にかけて、攻撃の日、戦場でおれたちはいつも肘と肘を、肩と肩をくっつけあっていた。わめき声をあげながら調子をあわせて向こう側の敵に突進し、タイミングをあわせて弾を撃ち、それはまるでおなじ日、あるいはおなじ夜に、おなじ母親の腹から出てきた双子の兄弟のようだった。

だから、神の真理にかけて、おれにはわからない。そう、わからない、おれがなぜある日マデンバ・ディオップに、やつが勇敢ではない、本物の戦士ではないといったようなことをほのめかしてしまったのか。自分の頭で考えるというのは、すべてをわかることを意味するわけじゃない。神の真理にかけて、ある血塗られた戦いの日に、やつに死んでほしくなかったのに、戦争が終わったらふたりして無事に元気でガンディオル村に帰りたかったのに、おれはなぜなんの筋道もわけもなく、おれの言葉でマデンバ・ディオップを殺してしまったのだろう。おれにはわからない。おれはすべてをわかっているわけじゃない。

9

切りとられた手が七本目になったとき、やつらはもうたくさんだと思った。みんなもうたくさんだと思った。トゥバブの兵士もチョコレートの兵士も。上官たちも上官ではない人たちも。アルマン隊長は、きみは疲れているにちがいない、是が非でも休みを取る必要がある、といった。それを伝えるために、隊長はおれを自分の区画に呼びつけた。そこにはひとり、おれよりずっと年長で、おれより階級の高いチョコレート兵がいた。戦功章を持つ、びくびくおびえたチョコレート兵、隊長の望みをおれのためにウォロフ語に訳したチョコレート兵が。ほかの人たちとおなじように、おれが〝デム〟、つまり魂喰《たまく》いだと考え、おれから必死に眼をそらし、ポケットにこっそり忍ばせたお守りを左手でひしと握りしめ、風に吹かれるちっぽけな木っ葉のように震えていた戦功章を持つ哀れな年長のチョコレート兵が。

彼はほかの人たちとおなじように、おれに体の内側を喰い荒らされるのではないか、死に追い立てられるのではないかと恐れていた。白人あるいは黒人のほかの人たちとおなじように、このセネガル歩兵のイブライマ・セックはおれと眼があうのを恐れていた。夜になったら、彼は静かに長々と祈るのだろう。夜になったら、おれから、おれの穢《けが》れから身を守るために、数珠を長々と爪繰《つまぐ》るのだろう。夜になったら、身を清めるのだろう。だがとりあえず、年長のイブライマ・セックは、隊長の言葉をおれのために訳さなければならないことにおびえていた。神の真理にかけて彼は、きみは銃後でなんと丸々一カ月の特別休暇を過ごすことになった、とおれに伝えることにおびえていた。というのもイブライマ・セックにとって、おれが隊長の命令をいい知らせと受け止めるはずがないからだ。あの年長者にとって、戦功章を持つあのチョコレート兵にとって、おれが自分の食料庫から、自分の獲物どもから、自分の狩り場から遠ざけられようとしているのを知って喜ぶはずがないからだ。イブライマ・セックにとって、おれみたいな妖術使いは、悪い知らせをもたらした者にまちがいなくとてつもなく腹を立てるものなのだ。神の真理にかけて、丸々一カ月のあいだ餌を、つまり敵のものにせよ味方のものにせよ、戦場で貪る魂の数々を奪いとられた妖術使いの兵士から逃れるのは至難の業《わざ》だ。イブライマ・セックにとって、おれが敵のものにせよ味方のものにせよ、喰らうはずの兵士の内側の数々にありつけなかった責任を彼におっかぶせるのはごくごくあたり前のことなのだ。というわけで、呪いを遠ざけるために、おれの怒りが招く災いを被らないようにするために、孫たちにいつか戦功章の勲章を見せられるようにするために、年長のイブライマ・セックは訳すにあたり、それぞれの文章の頭にいちいち「隊長によれば……」のひと言をつけ加えた。

「隊長によれば、きみは休まなければならない。隊長によれば、きみはほんとうにとてつもなく勇敢だったが、とてつもなく疲れてもいる。隊長によれば、隊長はきみの勇気を、きみのとてつもなく大きな勇気を称賛している。隊長によれば、きみもわたしのように戦功章をもらうことになるだろう……えっ、すでにもらってるって？……隊長によれば、たぶんもうひとつ勲章をもらうことになるだろう」

だから、そう、おれは知っている、わかっている、アルマン隊長はもう、おれに戦場にいてほしくないのだ。知っている、わかっている、戦功章を持つ年長のチョコレート兵のイブライマ・セックが伝えた言葉の裏にあったのは、おれがおれたちのところに持ち帰ってきた切りとられた七本の手に彼らがうんざりしているということだ。ああ、わかっている。神の真理にかけて、戦場で望まれるのはいっときの狂気だけだ。怒りに駆られた狂気、悲しみにさいなまれた狂気、猛《たけ》り立つ狂気。だが、あくまでいっときであることが条件だ。長続きする狂気はいらない。攻撃が終わるとすぐに、怒りを、悲しみを、猛りをしまいこまなければならない。悲しみは許され、持ち帰ることができる。自分のなかにとどめているかぎり。けれども怒りと猛りは、塹壕に持ち帰ってはいけない。戻る前にそれらを脱ぎ捨てなければならない。そうでないと、戦争のゲームはもうできない。狂気は、隊長が退却のホイッスルを吹いたあとタブーになる。

おれは知っていた、わかっていた、隊長も戦功章を持つチョコレート歩兵のイブライマ・セックも、自分たちのところに兵士の怒りがあるのをもう望んでいないのを。神の真理にかけて、おれはわかった、切りとられたおれの七本の手、あれはおれが静かな場所に叫びと悲鳴を持ち帰ったようなものなのだ。向こう側の敵の切りとられた手を目にしたら、こう考えずにはいられない。「もしもこれが自分の手だったなら?」こう考えずにはいられない。「こんな戦争、もうたくさんだ」神の真理にかけて、戦闘のあと人は敵に対して人間に戻る。向こう側の敵の恐怖を長々と楽しむことはできない。なにしろ自分も恐怖をかかえているのだから。切りとられた手、それは塹壕の外側から内側に入りこんでくる恐怖だ。

「隊長によれば、隊長はきみの勇気にあらためて感謝している。隊長によれば、きみにはひと月の休暇が与えられた。隊長によれば、隊長は切りとった手をきみがどこに……隠した……いや、片づけたか、知りたがっている」

　そのときおれは、迷わずこう答えるおれの声を聞いた。「手はもう、手もとにありません」

10

神の真理にかけて、隊長とおれの年長のイブライマ・セックは、おれを頭の弱い人間だと思っている。おれはたぶん、少しばかり変わっているんだろう。だが、頭が弱いわけじゃない。切りとった手の隠し場所を教える気はさらさらない。あれらはおれの手だ。おれはどんな青い眼があれらの持ち主だったか知っている。それぞれのもとの持ち主を知っている。手の表面には金色の毛か赤い毛が生えていて、黒い毛はごくまれだ。肉づきのいいのもあれば、乾いて骨ばったのもある。爪はどれもおれが腕から切り離したあと、黒く変わった。なかに一本、まるで女か大きな子どものものみたいにほかのより小さなのがある。手は少しずつ硬くなり、やがて腐る。だから腐らせないように、二本目の手からおれは、おれたちのところの塹壕の炊事場に忍びこみ、それらに粗塩《あらじお》をたっぷり、それこそたっぷりまぶし、火の消えたかまどのまだ熱い灰のなかに突っこんだ。そうして丸々ひと晩、ほうっておいた。それから朝、とてつもなく早い時間に取りにいった。そして翌日、手にふたたび塩をまぶすと、おなじ場所に突っこんだ。そのあともおなじことを繰り返した。手が魚の干物みたいになるまで。おれは青い眼の手を干物にした。長いあいだ保存するため実家で魚を干していたのと少しばかりおなじ要領で。

おれの七本の手はいまや――もとは八本あったのだが、ジャン＝バティストのいたずらのせいで一本失くしてしまった――、おれの七本の手はいまや、それぞれの特徴を失った。みんな似たりよったりで、ラクダの革みたいに褐色につやめき、金色や赤や黒の毛はもう生えていない。神の真理にかけて、もうそばかすもホクロもない。みんな濃い茶色だ。ミイラのように干からびている。カラカラに乾いた肉はもう腐る心配がない。ネズミ以外、においでその在り処《あか》に気づく者はほとんどいないはずだ。それらは安全な場所にしまってある。

思えばおれの手が七本だけになったのは、ひょうきん者、いたずら者の友人のジャン＝バティストが一本くすねたせいだ。おれはやつに好きにさせた。というのも、それは切りとられた手の一本目で、腐りはじめていたからだ。あれらの手をどうしたらいいか、おれはまだわからなかった。ガンディオル村の漁師のおかみさんたちが魚にするみたいに、手を干物にするという考えが頭になかった。

ガンディオル村では河や海で獲った魚にたっぷり、それこそたっぷり塩をまぶしたあと、天日で干したり煙でいぶしたりする。いっぽう、ここには本物の太陽はない。なにも乾かしはしない冷たい太陽しかない。泥は泥のままだ。血はいつまで経っても乾かない。軍服は火のそばでしか乾かない。だからおれたちは火を熾《おこ》す。おれたちを温めるためだけではない。なにより、おれたちを乾かすためだ。

けれども、塹壕のなかのおれたちの火はちっぽけだ。盛大に火を熾すことを禁ずる、と隊長はいった。なぜなら、火のないところに煙は立たんからな、と隊長はいった。向こう側の敵は、おれたちのところから煙が出ているのを見つけるとすぐに、どんなにかすかなものでも煙に気づくとすぐに、つまり、よく見える鋭い青い眼のおかげでたとえタバコの煙でもそれをみとめるとすぐに、砲列をととのえておれたちのところに撃ちこんでくる。おれたちとおなじように、向こう側の敵も塹壕内にめったやたらに撃ちこんでくる。おれたちとおなじように、めったやたらに一斉射撃を仕掛けてくる。攻撃のない休戦日でもおかまいなしだ。だから、敵の砲兵に目印を与えないほうがいい。神の真理にかけて、火の青い煙でおれたちの居場所をやつらに教えるのは避けたほうがいい！　そんなわけで、おれたちの軍服が乾くことはなく、そんなわけで、おれたちの下着と上着はいつも例外なく湿っている。そうしておれたちは、煙の出ないちっぽけな火を熾そうとする。炊事場のかまどの排気管を後ろへ向ける。そうしておれたちは、神の真理にかけて、敵の鋭い青い眼を出し抜こうとする。そんなわけで、炊事場のかまどは、おれが手を干せる唯一の場所だった。神の真理にかけて、おれはすべての手を守った。すでにかなり腐りかけていた二本目と三本目も含めたすべての手を。

最初、塹壕の仲間はおれが敵の手を持ち帰るとひどく喜び、それらに触れさえした。一本目から三本目までは、思い切ってそれらに触れた。笑いながら唾を吐きかける者さえいた。二本目の敵の手を大地の腹に持ち帰るとすぐに、友人のジャン＝バティストはおれの私物を漁《あさ》った。そして一本目の手をくすね、おれは好きにさせた。腐りはじめていて、ネズミどもが寄ってくるようになっていたからだ。一本目の手はさっぱり好きじゃなかった。あれはきれいじゃなかった。甲に長くて赤い毛が生えていて、まだ慣れていなかったせいで切り方がまずく、腕からきれいに切り落とせなかった。神の真理にかけて、あのときはまだ、おれの山刀はちゃんと研《と》がれていなかった。そのあと場数を踏んだおかげで、四本目からはたったひと振りしただけで、つまり、隊長が出撃のホイッスルを吹く前に何時間もかけて研いだおれの山刀の刃をさっとたったひと振りしただけで、敵の手を腕からすっぱり切り落とすことができるようになった。

というわけで、おれの友人のジャン＝バティストはおれの私物を漁りにきて、おれが好きじゃなかった一本目の敵の手をくすねた。ジャン＝バティストは塹壕のなかで白人のたったひとりのほんとうの友人だった。やつはマデンバ・ディオップが死んだあと、おれを慰めようとおれのところに来てくれたたったひとりのトゥバブだ。ほかのトゥバブたちはおれの肩を叩《たた》き、チョコレートたちはマデンバの遺体が銃後へ運ばれていくまで慣例の祈りを唱えた。チョコレート兵たちはおれともう、マデンバの話をしなかった。それというのも連中にとってマデンバは、数いる死者たちのひとりにすぎなかったからだ。彼らもまた、おれとおなじように兄弟以上の友を亡くしていた。彼らもまた、心のなかで友の死を泣いていた。ジャン＝バティストだけが、おれが塹壕に腹を裂かれたマデンバ・ディオップの遺体を運んできたとき、肩を叩くこと以上のことをしてくれた。丸顔で出目の青い眼をしたジャン＝バティストは、おれの世話を焼いてくれた。背丈も手も小さいジャン＝バティストは、おれが洗濯するのに手を貸した。ジャン＝バティストは、タバコをくれた。ジャン＝バティストは、パンを分けてくれた。ジャン＝バティストは、笑いを分けてくれた。

だから、ジャン＝バティストがおれの私物を漁って一本目の敵の手をくすねたとき、おれは好きにさせた。

ジャン＝バティストは、切りとられたあの手でさんざん遊んだ。ジャン＝バティストは、腐りはじめていたあの敵の手でさんざんふざけた。あれをおれから奪いとった朝にはすでに、朝食どきにはすでに、揃《そろ》いも揃って寝起きの悪いおれたちひとりひとりと握手してまわった。そしてやつが全員に挨拶し終えたとき、おれたちは知った、わかった、やつが自分の手を軍服の袖に隠し、切りとられた敵の手をおれたちに差し出していたのを。

敵の手を譲られたのはアルベールだ。アルベールは、ジャン＝バティストが自分の手のなかに敵の手を押しこんでいったことに気づいて悲鳴をあげた。アルベールは悲鳴をあげて敵の手を地べたに投げつけ、みんなが笑い、みんなが彼をからかった。神の真理にかけて、下士官たちでさえも、隊長でさえも。すると、ジャン＝バティストがおれたちに大声でいった。「間抜けな諸君、諸君はみんな漏れなく敵と握手を交わしました。というわけで、みんな漏れなく軍事法廷送りになるでしょう！」すると、みんながまた笑った。ジャン＝バティストが叫んだ言葉をおれたちに訳してくれた、戦功章を持つ年長のチョコレート兵のイブライマ・セックでさえも。

11

けれども、神の真理にかけて、切りとられたこの一本目の手がジャン＝バティストに幸運をもたらすことはなかった。ジャン＝バティストがそのままずっとおれの友人でいることはなかった。ウマがあわなくなったせいじゃない。ジャン＝バティストが死んだのだ。やつはとてつもなくむごたらしい死に方で死んだ。おれが切りとった敵の手をヘルメットにくくりつけたまま死んだ。ジャン＝バティストはいたずらの、おふざけの度がすぎた。なにごとにも限度というものがある。双眼鏡をのぞく敵の大きな青い双子（仏語で〝双子〔ジュモー〕〟の女性形〝ジュメル〟は〝双眼鏡〟の意味もある）の眼を前にして、敵の手でふざけるのはほめられたことじゃない。ジャン＝バティストは敵を煽《あお》ってはいけなかった、おちょくってはいけなかった。向こう側の敵たちは根に持った。自分たちの仲間の手が銃剣の先に突き刺さっているのを見るのをいやがった。おれたちの塹壕《ざんごう》の空にあの手が振りかざされるのを見るのはうんざりだった。神の真理にかけて、銃剣の先に仲間の手を突き刺し、「汚いドイツ野郎《ボッシュ》、汚いドイツ野郎《ボッシュ》！」と大声でわめくジャン＝バティストのおふざけにはこりごりだった。ジャン＝バティストは気が触れたかのようだった。けれどもおれは知っていた、わかっていた、やつがそんなふうに振る舞うわけを。

ジャン＝バティストは煽り魔になった。ジャン＝バティストが双眼鏡をのぞく敵の青い眼の注意を引こうとしはじめたのは、香りのついた手紙を受けとってからだ。それを読むやつの顔を見て、おれは知った、わかった。香りのついた手紙をひらく前、ジャン＝バティストの顔は笑いと光に輝いていた。香りのついた手紙を読み終えたとき、ジャン＝バティストの顔は灰色になった。もう光はなかった。笑いだけが残っていた。だがその笑いはもう、幸せの笑いではなかった。やつの笑いは不幸せの笑いになった。涙のような笑い、感じの悪い笑い、にせものの笑いに。香りのついた手紙以来、ジャン＝バティストは、おれの一本目の敵の手を使って向こう側の敵たちに下品なサインを出すようになった。ジャン＝バティストは、中指を突き立たせた敵の手を銃剣に突き刺しておれたちの塹壕の空に振りかざし、連中を腰抜け扱いにした。そして叫んだ。「腰抜けどものドイツ野郎《ボッシュ》、たがいにケツを掘られてろ！」そして手にしていた小銃を振った。敵の青い双子の眼にメッセージが伝わるように。それらの眼が、宙に突き立たせた中指に確実に気づくように。

　アルマン隊長はやつに口を閉じろといった。ジャン＝バティストのように大騒ぎするのは、誰にとってもいいことではなかった。それはまるで塹壕のなかで火を熾すようなものだった。彼の憎まれ口は、煙とおなじ力を持っていた。向こう側の敵が砲列をととのえるのに手を貸す力を持っていた。それは敵たちに、おれはここにいるぞと指し示すようなものだった。隊長に命じられてもいないのに、わざわざ死ぬ必要はない。神の真理にかけて、隊長やほかの人たちとおなじようにおれは知った、わかった、ジャン＝バティストが死のうとしていたのを。敵の青い眼をいら立たせ、自分を狙わせようとしていたのを。

というわけで、隊長が出撃のホイッスルを吹き、おれたちがわめき声をあげて大地の腹から出ていったあの朝、青い眼の敵たちはすぐには一斉射撃をしなかった。青い眼の敵たちはおれたちを撃つのに、二十呼吸分待った。そしてそのあいだにジャン＝バティストを見つけようとした。神の真理にかけて、やつを見つけるのに少なくとも二十呼吸分必要だった。知っている、わかっている、おれたちはみんなわかっていた、敵たちがすぐにおれたちに一斉射撃をしてこなかったわけを。青い眼の敵たちはジャン＝バティストを、隊長がいうところの〝目の敵《かたき》〟にしていた。神の真理にかけて、連中はやつが銃剣に突き刺したあいつらの仲間の手をおれたちの塹壕の空に振りかざしながら、「腰抜けどものドイツ野郎《ボッシュ》！」とわめくのを耳にするのにうんざりしていた。向こう側の敵たちは、フランス人から次に攻撃されたときはジャン＝バティストを始末しよう、と取り決めていた。こういいあっていた。「あの野郎を始末しよう。むごたらしく殺して、見せしめにしよう」

そして、なにがなんでも死にたがっているように見えていたあの大ばか者のジャン＝バティストは、敵の仕事が楽になるよういろいろと工夫した。たとえば、敵の手をやつのヘルメットの前面にくくりつけた。しかも手が腐りかけていたので、それを白い包帯で巻いた。隊長がいうところのターバンみたいに、指を一本一本、白い布でぐるぐる巻きにした。ジャン＝バティストはうまくやった。というのも、ヘルメットの前面にくくりつけたあの手は、とてもよく目立っていたからだ。中指を突き立て、ほかの指を折りたたんだあの手は。青い双子の眼の敵たちは、やつに楽々と狙いを定めた。連中は双眼鏡を持っていた。彼らは双眼鏡をのぞき、小柄な兵士のヘルメットのてっぺんについた白い染みをみとめた。おそらく呼吸五回分のあいだに。そして双眼鏡の焦点をととのえ、その小さな白い染みが自分たちに中指を突き立てているのを見た。鼻息の荒い呼吸五回分のあいだに。だが、砲身をととのえるのにもっと長い時間が、少なくともゆったりとした呼吸十回分がいったにちがいない。それというのも、仲間の手を使って自分たちをおちょくってきたジャン＝バティストにたいそう腹を立てていたからだ。連中は砲弾を用意していた。そして火砲の照準器がやつの姿をとらえるとすぐに、つまり隊長のホイッスルのあと都合二十回呼吸したあとに、連中は、向こう側の敵は、満足を覚えたにちがいない。さらに、ジャン＝バティストの頭が宙に吹き飛ぶのを双眼鏡越しに見て、とてつもない満足さえ覚えたにちがいない。やつの頭も、やつのヘルメットも、ヘルメットにくくりつけていた敵の手も、粉々に砕け散った。青い双子の眼の敵たちは、罪人の頭の上で連中の不名誉が砕け散るのを見て大喜びしたにちがいない。神の真理にかけて、連中はこの見事な一発をお見舞いしたやつにタバコをくれてやったにちがいない。おれたちの攻撃が終わるとすぐに、そいつの肩を叩き、飲みものをくれてやったにちがいない。この見事な砲弾の一発を讃《たた》えて、そいつに拍手喝采したにちがいない。そいつを讃えて、歌のひとつでもつくったかもしれない。

神の真理にかけて、ジャン＝バティストが死んだあの攻撃の日の夜に連中の塹壕から響いてきた歌は、そいつを讃える歌だったのかもしれない。隊長がいうところの誰のものでもない大地の真ん中で、おれが向こう側の敵の体の内側を外側に置いたあと、四本目の手を切り落としたあの夜に響いてきた歌は。

12

青い双子の眼の敵たちの歌はしっかり聞こえた。それというのも、おれはあの夜、彼らの塹壕のほんのすぐそばにいたからだ。神の真理にかけて、おれは連中に気づかれずにやつらのところのほんのすぐそばまで這《は》っていき、そのうちのひとりを捕まえようと、彼らが歌い終わるのを待った。静かになるのを、連中がまどろむのを待った。そしてひとりを捕まえた。衝撃をやわらげるため、物音をやわらげるため、そっと荒々しく捕まえた。母親の腹からほんの小さな子どもを引っ張り出すみたいにして。そんなふうにして、連中の塹壕から直接引っ張り出した最初で最後のひとりをつかみあげた。そんなふうにして、ひとりをつかみとった。それというのも、ジャン＝バティストを殺した砲撃の名人を捕まえたかったからだ。神の真理にかけて、香りのついた手紙のせいで死にたがっていた友人のジャン＝バティストの仇を討つため、あの夜、おれはたくさんの危険を冒した。

鉄条網をかいくぐって何時間も這いすすみ、彼らの塹壕のほんのすぐそばまで行った。見つからないように泥まみれになった。砲弾がジャン＝バティストの頭を吹き飛ばすとすぐに、おれはさっと地べたに身を伏せ、泥のなかを何時間も這いすすんだ。ずいぶん前にアルマン隊長は攻撃終了のホイッスルを吹いたが、おれはちょうどそのとき、敵の塹壕のほんのすぐそばまで行き着いた。敵の塹壕も、特大の女、地球規模の女の性器みたいにひらいていた。というわけで、おれは敵の世界の縁にどんどん近づき、ひたすら待った。星空のもと、連中は長いあいだ男たちの歌を、戦士たちの歌を歌った。おれは連中が寝つくのをひたすら待った。ひとりだけ寝ないのがいた。ひとりだけ塹壕の壁に寄りかかってタバコを吸おうとしたのがいた。戦争でタバコを吸ってはいけない。見つかってしまう。おれがそいつを見つけたのはタバコの煙のせい、塹壕の空に立ちのぼった青い煙のおかげだ。

神の真理にかけて、おれは途方もない危険を冒した。おれは左手の数歩先で青い煙が黒い空に立ちのぼっているのに気づくとすぐに、塹壕に沿って蛇みたいに這いすすんだ。頭のてっぺんから足の先まで泥まみれだった。這いすすむ大地の色をまとった毒蛇《マンバ》みたいだった。おれは目につかない存在で、敵の兵士が黒い空に吐き出す青い煙のほんのすぐそばまで行き着こうと、なるたけすばやく這って、這って、這いすすんだ。おれはほんとうに途方もない危険を冒し、そういうわけで、戦争で死にたがっていたおれの白人の友人のためにその夜おれがしたことは、たった一度きりのことだった。

なかの様子がわからないまま、なにひとつ目にしないまま、おれは敵の塹壕のなかに頭と腕を行きあたりばったりに突っこんだ。塹壕のなかに上半身をさっとあてずっぽうで差し入れ、下のほうでタバコを吸っていた青い眼の敵を捕まえた。神の真理にかけて、運よく、そこだけ塹壕に覆いがかかっていなかった。運よく、塹壕の上の黒い空に青い煙を吐き出していた敵の兵士はひとりきりだった。運よく、相手が叫び出す前に口を手でふさぐことができた。神の真理にかけて、おれの四本目の戦利品となる手の持ち主は幸運にも、十五か十六の子どものように小柄で軽かった。おれの蒐集物《しゅうしゅうぶつ》のなかのいちばん小さな手をくれたのは、この彼だ。運よく、おれはその夜、青い眼の小柄な兵士の友人や仲間に気づかれなかった。みんな眠っていたにちがいない。ジャン＝バティストが砲撃の名人に真っ先に殺されたその日の攻撃で疲れはてていたのだろう。ジャン＝バティストの頭が落ちたあと、連中は怒りに任せ、手を止めて息をする間も惜しんで撃ちまくった。あの日、おれたちのところの仲間が大勢死んだ。けれども、おれは走り、撃ち、地べたに突っ伏し、鉄条網をかいくぐって這いすすむことができた。走りながら撃ち、地べたに突っ伏し、隊長がいうところの誰のものでもない大地を這いすすむことができた。

神の真理にかけて、向こう側の敵はみんな疲れていた。あの夜、歌い終わったあと、連中は警戒を緩めた。あの夜、あの小柄な敵の兵士がなぜ疲れていなかったのか、おれは知らない。彼はなぜ、戦友たちが寝にいったのに自分だけタバコを吸いにきたのだろう？　神の真理にかけて、おれにほかの誰でもなく彼を捕まえさせたのは運命だ。天の書物に、おれが夜中、敵の塹壕の暖かな穴に捕まえにいくのは彼だと書かれていたにちがいない。いまなら知っている、わかっている、天の書物の文章は、ひとつも単純ではない。知っている、わかっている、だがおれはそのことを誰にもいう気はない。それというのもマデンバ・ディオップが死んで以来、おれは自分のためだけになんでも好きに考えているからだ。おれはわかっているつもりだ。天の書物に書かれていることは、この地上で人間が書くことの写しにすぎない。神の真理にかけて、神はいつもおれたちに遅れを取っているにちがいない。神ができるのは、損害を確認することだけだ。おれが敵の塹壕の暖かな穴のなかで青い眼の小柄な兵士を捕まえるのを、神が望んだはずがない。

おれの蒐集物の四本目の手の持ち主は、なにも悪いことなどしていなかったはずだ。隊長がいうところの誰のものでもない大地で彼のはらわたを抜いたとき、おれはそのことをやつの眼のなかに読みとった。やつの眼のなかに、彼がいい青年で、いい息子で、まだ若すぎて女を知らず、けれどもまちがいなく将来いい夫になるはずなのを見てとった。なのに、このおれが彼に降りかかってしまった。罪なき者に災いと死が降りかかるみたいに。それが戦争というものだ。神が人間の音楽に遅れを取ったとき、多すぎる運命の糸をいっぺんに解きほぐすことができないとき、そういうことが起こる。神の真理にかけて、神を恨むのは筋ちがいだ。ひょっとしたら、おれの黒い手でこの小柄な兵士を戦争のさなかに殺させることで、神は彼の両親を罰そうとしたのかもしれない。ひょっとしたら、小柄な兵士の祖父母が犯したあやまちを彼らの子たちに償わせる暇がなかったから、神は孫を通じて祖父母を罰そうとしたのかもしれない。そうでないと誰がいえる？神の真理にかけて、神はたぶん、小柄な敵の兵士の親族を罰するのに遅れを取ったのだ。おれは、神が孫なり息子なりを通じて彼らを手厳しく罰したのをよく知る立場にいる。それというのも、小柄な敵の兵士はほかの人たちとおなじように、おれが彼の体の内側をすべて取り出して外に、外側に、まだ生きている彼のそばにこんもりと積みあげたとき、苦しんだからだ。けれどもおれはとてつもなくすぐに、彼をほんとうに気の毒に思った。そして彼の父母、あるいは彼の祖父母の代わりに彼が受けている罰をやわらげてやった。涙を浮かべた眼でたった一度懇願されただけで、殺してやった。おれの兄弟以上の存在のマデンバ・ディオップの腹を裂いたのは、彼であるはずがない。おれの友人のジャン＝バティスト、香りのついた手紙のせいで絶望したあのひょうきん者の頭をちょっとした砲撃で粉々にしたのも、彼であるはずがない。

あるいはひょっとしたら、おれが両腕を伸ばし、暖かい塹壕に頭を突っこんで誰かもわからず誰かを捕まえようとしたとき、青い眼をしたあの小柄な敵の兵士は見張りに立っていたのかもしれない。おれは彼が肩にかけていた小銃を奪いとった。見張りの兵士はタバコを吸ってはいけない。黒々とした夜の真ん中に立ちのぼる小さな青い煙は目につく。そんなふうにしておれは彼に、おれの四番目の戦利品、四本目の手の持ち主である青い眼の小柄な兵士に気がついた。だが神の真理にかけて、誰のものでもない大地でおれは彼を気の毒に思った。涙で濡《ぬ》れた青い眼で一度目に懇願されるとすぐに、殺してやった。彼を見張りにつかせたのは、神だ。

おれが四本目の小さな手と、その手が拭き、油をさし、弾をこめ、弾を撃った小銃をおれたちのところの塹壕に持ち帰ったあとから、おれの仲間の兵士たちは白人も黒人も、おれを死神みたいに避けるようになった。ネズミ狩りを終えて巣に戻る黒い毒蛇《マンバ》みたいにおれが泥のなかを這いすすんでおれたちのところに戻ると、誰ももうおれに触れようとしなかった。誰もおれとの再会を喜ばなかった。やつらは、一本目の手が小さな狂人ジャン゠バティストに災いをもたらした、あのチョコレートに触れた者には呪いがかかる、あいつを見るだけでも呪いがかかる、と考えたにちがいない。それにもう、ほかの人たちをものごとのいい面へ、つまり無事に帰ってきたおれを見て喜ぶといういい面へ導くジャン゠バティストはいなかった。ものごとにはすべて、二重の面がある。いい面と悪い面が。ジャン゠バティストがまだ生きていたとき、やつはほかの人たちにおれの戦利品のいい面を見せていた。「ほら、おれらの友だちのアルファがまたひとつ、手と小銃を対にして持ち帰ってきたぞ。みんな喜ぼうぜ、これでこっちに飛んでくるドイツ野郎《ボッシュ》の弾が減ったんだからな！　ドイツ野郎《ボッシュ》の手が減りゃ、飛んでくるドイツ野郎《ボッシュ》の弾も減る。アルファに栄光あれ！」するとほかの兵士たちは黒人も白人も、チョコレートもトゥバブも、空にぱっくりあいたおれたちの塹壕に戦利品を持ち帰ったおれを祝福するほうへ導かれた。三本目の手まで、みんなはおれに拍手喝采した。おれは勇敢で、隊長が何度もいったように只者ではなかった。神の真理にかけて、彼らはおれに食べものの上等なところをくれ、洗濯するのに手を貸した。おれをとても好いてくれていたジャン＝バティストはとくに。だがジャン＝バティストが死んだ夜、狩りを終えて地中の巣穴に潜りこんでいく毒蛇《マンバ》みたいにおれがおれたちの塹壕に戻るとすぐに、やつらはおれをまるで死神みたいに避けた。おれの罪の悪い面が、いい面を押しのけた。チョコレートの兵士たちはおれのことを妖術使いの兵士だ、〝デム〟だ、魂喰《たまく》いだとささやきはじめ、トゥバブの兵士たちは連中の言葉を信じはじめた。神の真理にかけて、ものごとはすべて正反対の面を持ちあわせている。三本目の手までおれは戦争の英雄で、四本目になったとたん、危険な狂人、血に飢えた野蛮人になった。神の真理にかけて、ものごとはそんなふうに進む、世界はそんなふうに進む。ものごとにはすべて、二重の面がある。

13

やつらはおれを頭が弱いと考えたが、おれは頭が弱いわけじゃない。隊長と戦功章を持つ年長のチョコレート歩兵のイブライマ・セックは、おれを陥れるため、おれの七本の手を欲しがった。神の真理にかけて、彼らはおれを牢屋《ろうや》に入れるため、おれの野蛮さの証拠を欲しがった。けれども自分の七本の手をどこに隠したか、明かすつもりはさらさらない。連中が手を見つけることはない。布に包まれたあれらの手が干からびたままどんな暗がりに置かれているか、やつらは想像できなかった。神の真理にかけて、あの七つの証拠がなければ、やつらは休暇を名目においておれをいっとき銃後へ送るよりほかにない。神の真理にかけて、休暇から戻ってきたおれを青い双子の眼の兵士たちに殺させ、それほど騒ぎを起こさずに厄介払いするのを望むよりほかにない。戦争では自分のところの兵士に問題があれば、敵にそいつを殺させる。そのほうが手っとり早い。

おれの五本目と六本目の手のあいだに、アルマン隊長の出撃のホイッスルにもう従おうとしないトゥバブの兵士たちが現われた。ある日、彼らはいった。「いやです、もうこりごりです!」アルマン隊長を相手に、こんなことまでいった。「塹壕を出たわれわれに一斉射撃をするよう向こう側の敵に伝えるため隊長殿がホイッスルを吹いたところで、われわれにはもう出ていく気はありません。隊長殿のホイッスルで死ぬのはご免です!」すると、隊長はこう応じた。「そうか、つまり貴様らはもう命令には従えないというのだな?」トゥバブの兵士たちはすぐにいった。「はい。隊長殿の死のホイッスルにはもう従いたくありません!」隊長は、彼らにもう命令に従うつもりがないのをはっきり悟り、しかも初めは五十人以上いたそうした兵士がいまや七人しか残っていないのを見てとると、おれたちの真ん中にその罪深き七人を連れてこさせてこう命じた。「こいつらを後ろ手に縛れ！」そして連中が後ろ手に縛られると、隊長は彼らに叫んだ。「貴様らは腰抜けだ、貴様らはフランスの恥だ！　貴様らは祖国のために死ぬのを恐れている。だが本日、貴様らには死んでもらおう！」

　そしてそのあと隊長がおれたちにさせたことは、とてつもなく醜悪だった。神の真理にかけて、よもや仲間の兵士を向こう側の敵のように扱うなんて、おれたちは夢にも思わなかった。隊長はおれたちに、弾をこめた小銃の筒先を彼らに突きつけ、連中が隊長の最後の命令に従わなければ殺すようにいった。おれたちは塹壕が戦争の空に向かってあいている場所のこちら側にいて、裏切り者の仲間たちは反対側、おれたちから数歩離れたところにいた。裏切り者の仲間たちはおれたちに背を向け、小さなはしごと向きあっていた。七本の小さなはしごと。向こう側の敵を攻撃しにいくとき、塹壕を出るためよじのぼる小さなはしごと。そして全員が位置につくと、隊長は彼らに叫んだ。「貴様らはフランスを裏切った！　だが、こちらの最後の命令に従う者は、死後に戦功章が授けられる。それ以外の者については、家族に宛てて、この者は脱走兵である、味方を敵に売った裏切り者である、との手紙を書く。裏切り者に遺族年金はなしだ。女房にも、家族にも！」そして隊長は出撃のホイッスルを吹いた。仲間たちがおれたちの塹壕から出ていって、向こう側の敵に殺されるように。

神の真理にかけて、おれはいまだかつてこれほど醜悪なことがらを目にしたことはない。隊長が出撃のホイッスルを吹く前からすでに、裏切り者の七人の仲間のなかには歯の根があわない者や、ズボンの股に丸い染みをつける者がいた。隊長がホイッスルを吹くとすぐに、とんでもないことになった。状況があれほど深刻でなければ、笑いそうになったかもしれない。裏切り者の仲間たちは後ろ手に縛られていたので、攻撃用のはしごの六段だか七段だかの踏み板をのぼるのに苦労した。つまずき、滑り落ち、恐怖の叫びをあげながら地べたに膝をついた。それというのも、隊長が彼らを獲物として差し出したのを青い双子の眼の敵たちがすぐさま理解したからだ。神の真理にかけて、おれの友人のジャン＝バティストを殺した砲撃の名人は、差し出された贈りものを目にしたとたん、こすっからい小さな砲弾を三発放ったが、最初の標的を撃ちそこねた。だが四発目は、塹壕をちょうど出たばかりだった裏切り者の仲間、奥さんと子どものために命令に従った勇気ある裏切り者の仲間にあたって炸裂《さくれつ》した。彼の体の内側がすべて飛び散り、おれたちに黒い血を浴びせた。神の真理にかけて、おれはすでにこれに慣れていたが、おれの仲間の白人と黒人の兵士たちは慣れていなかった。そして、おれたちはみんなひどく泣いた。なかでも、ひとりひとり順繰りに塹壕の外に殺されにいかされる裏切り者の仲間たちはとくに。出ていかないと死後の戦功章はなしだ、と隊長はいった。つまり親にも、奥さんにも、子どもにも、遺族年金はなしということだ。

神の真理にかけて、裏切り者の仲間たちのリーダーは勇敢だった。裏切り者の仲間たちのリーダーはアルフォンスという名だった。神の真理にかけて、アルフォンスは本物の戦士だった。本物の戦士は死を恐れない。アルフォンスは体の自由が利かない人みたいによろめき、こう叫びながらおれたちの塹壕を出ていった。

「おれはいま、おれがなぜ死ななきゃならないのか、知っている！　なぜなのか、知っている。オデット、おれはおまえの遺族年金のために死ぬ！　愛してる、オデット！　愛してるぞ、オデッ……」そして五番目のこすっからい小さな砲弾が、ジャン＝バティストのときとおなじように彼の頭を吹き飛ばした。それというのも、向こう側の砲撃の名人がコツをつかみはじめたからだ。おれたちと、そしてリーダーのアルフォンスのように死なければならないことにおののいて悲鳴をあげている残りの裏切り者の仲間たちに、脳みその雨が降りそそいだ。神の真理にかけて、おれたちはみんな、裏切り者の仲間たちのリーダーの死を泣いた。アルフォンスが叫んだ言葉を、戦功章を持つ年長のチョコレート歩兵のイブライマ・セックがおれたちに訳してくれた。オデットはアルフォンスが夫で幸運だった。アルフォンスはたいした人物だった。

けれどもアルフォンスのあと、まだ五人残っていた。裏切り者の仲間たちのリーダーに続いて死ななければならないのがあと五人いた。そのうちのひとりがおれたちのほうに振り向き、泣き叫んだ。「頼む、お願いだ！　頼む、みんな……、どうか……」この裏切り者の仲間はアルベールで、戦功章も、隊長のいう遺族年金もどうでもよかった。彼は親のことも、奥さんのことも、子どものことも考えていなかった。ひょっとしたら家族などいなかったのかもしれない。隊長が「撃て！」といい、おれたちは撃った。残りは四人。つかのま生き残っている裏切り者の仲間は四人。この裏切り者の仲間の四人は、家族のために勇敢だった。この裏切り者の仲間の四人は、ひとりずつ塹壕から出ていった。頭を切り落とされても少しのあいだ駆けまわるニワトリみたいによろめきながら。けれども、向こう側の敵の砲撃の名人は呼吸三十回分ほどのあいだ、小さな砲弾を無駄にするのはもうこりごりだと考えているようだった。呼吸三十回分ほどのあいだ、差し出された生贄《いけにえ》たちを双眼鏡で見定めるためじっと待ちかまえているようだった。彼はすでに、三発撃ちそこねたあと二発命中させていた。というわけで、使った砲弾は合計五つ、もうじゅうぶんだ。戦争では隊長がいうように敵の〝美しい眼のために〟（仏語の慣用表現で、本来は「相手を喜ばせるためだけに」の意味）砲弾を無駄使いしてはいけない。というわけで、裏切り者の仲間の最後の四人は、ごくごくありふれた軽機関銃で殺された。いっぺんにまとめられ、最後の叫びを喉の奥に詰まらせたまま。

神の真理にかけて、隊長の命令で七人の裏切り者の仲間が死んだあと、もう反乱はなかった。もう反逆はなかった。神の真理にかけて、おれは知っている、わかっている、おれが銃後での休暇から戻ったあとすぐに隊長が向こう側の敵におれを殺させようと望んだら、目論見《もくろみ》は成功するはずだ。知っている、わかっている、隊長がおれの死を望んだら、望みは叶《かな》うはずだ。

とはいえ、おれがそれを知っているのを隊長に知られてはいけなかった。神の真理にかけて、切り落とした手の在《あ》り処《か》をいうわけにはいかなかった。だからおれは、戦功章を持つ年長のチョコレート兵のイブライマ・セックの声を借りて向こう側の敵の切りとった手をどこにやったかたずねてきた隊長に、知りません、失くしました、ひょっとしたら、裏切り者の仲間のひとりがおれたちみんなに濡《ぬ》れ衣《ぎぬ》を着せるため盗んだのかもしれません、と答えた。隊長はおれにいった。「わかった、わかった、手はそのままにしておこう。目につかないままにしておこう。まあいい、まあいい……。だが、いずれせよきみは疲れているはずだ。きみの戦争のやり方は少しばかり野蛮すぎる。わたしがきみに敵の手を切り落とすよう命じたことは一度もない！　あれは規則に適っていない。だが大目に見よう。なにしろきみは戦功章持ちだからな。きみは実際のところ、よくわかっている、戦争においてチョコレート兵がなすべきことを。きみには一ヵ月、銃後で休んでもらおう。そしてまた戦える状態になって戻ってくる。復帰後はもう敵の手を切り落とさないと約束してもらわねばならない。わかったか？　殺すだけにして、手を切り落としてはならない。文明化された戦争はそうした行為を禁じている。わかったか？　きみは明日、部隊を退く」

戦功章を持つおれの年長のチョコレート兵のイブライマ・セックの、それぞれの文章の頭に「隊長によれば」のひと言をつけた訳がなければ、おれは隊長がおれになにをいったのかさっぱりわからなかっただろう。けれども、隊長が話しているあいだ二十回近くの呼吸があったのに、おれの年長のイブライマ・セックが訳しているあいだは十二回だけだった。つまり、隊長の話のなかに、戦功章を持つチョコレート兵が訳さなかったことがらがいくらかあるということだ。

アルマン隊長は、長続きする怒りを宿した黒い双子の眼を持つ小柄な男だ。隊長の黒い双子の眼は、戦争以外のすべてのものに対する憎しみに満ちている。隊長にとって、人生とは戦争だ。隊長は戦争が好きだ。人が気まぐれな女を好むように。隊長は自分の気まぐれのあれこれを戦争に費やす。戦争に贈りものをこれでもかと与え、兵士の命を大盤振る舞いする。隊長は魂喰《たまく》いだ。知っている、わかっている、アルマン隊長は生き延びるため自分の女を、つまり戦争を必要としていた〝デム〟だった。養ってもらうため、戦争が隊長のような男を必要としていたのとおなじように。

知っている、わかっている、アルマン隊長は、戦争と愛を交わしつづけるためならなんでもするだろう。わかっている、隊長はおれのことを、自分と戦争との懇《ねんご》ろな関係を損なう恐れのある危険な敵と見なしていた。神の真理にかけて、隊長はもうおれを必要としていなかった。おれは知っていた、わかっていた、部隊に戻ったあとすぐによそへ移らされるかもしれない、と。神の真理にかけて、だからおれは隠し場所からおれの手を引き揚げなければならなかった。けれども知っていた、わかっていた、それこそが隊長の望んでいることだとも。隊長はおれを見張らせるだろう。たぶん、戦功章を持つおれの年長のチョコレート兵のイブライマ・セックその人に。神の真理にかけて、隊長はおれの七本の手を欲しがるだろう。それらを証拠におれを銃殺させるために。保身のために。戦争とまぐわいつづけるために。おれが部隊を去る前におれの鞄《かばん》の中身を検《あらた》めさせるだろう。そしてジャン＝バティストがいっていたところの、〝鞄に手を突っこんでいるところを取り押さえる〟（仏語の慣用表現で、本来は「盗みの現場を押さえる」の意味）というやつをしようとするだろう。だが、おれは頭が弱いわけじゃない。神の真理にかけて、おれは知っていた、わかっていた、どうすればいいのかを。

14

おれは元気にやっている、銃後でくつろいでいる。いまいるところでおれはもう、自分ではほとんどなにもしない。寝て、食べて、全身白ずくめのきれいな女の子たちに世話されて、それでおしまいだ。ここでは向こう側の敵から飛んでくる、人殺しの爆弾と軽機関銃と小さな砲弾のとどろくような音は聞こえない。

銃後のおれがいまいる場所に、おれはたったひとりで来たわけではない。おれの敵の七本の手につき添われてやってきた。それらは隊長の目と鼻の先を通過した。ジャン＝バティストがいっていたところの、〝ほんの目と鼻の先〟を。神の真理にかけて、おれはそれらを軍人用のトランクの底にほんの少し隠しただけだった。ひとつひとつ、おなじ白い布の帯で念入りに巻かれていたにもかかわらず、おれはそのそれぞれを見分けることができる。おれの戦友たちは、つまりおれが部隊を出るときおれの持ちものを検めるよう隊長に命令された黒人と白人の兵士たちは、おれのトランクをあけようとはしなかった。神の真理にかけて、やつらはおびえていた。おれはやつらがおびえるのに手を貸した。おれは自分のトランクの閂《かんぬき》に、南京錠の代わりに細紐《ほそひも》でお守りをぶらさげた。神の真理にかけて、戦争に発《た》つとき父が、あの老いた人がくれた赤い革でできたきれいなお守りだ。おれはその赤い革でできたきれいなお守りに、黒人でも白人でも、チョコレートでもトゥバブでも、おれの持ちものを探りにきたまわし者たちが逃げ出すような絵を描《か》いた。神の真理にかけて、おれはほんとうに身を入れて絵を描いた。ネズミのたいそう尖《とが》った小さな骨をペンに、灰に灯油をまぜたものをインクにして、赤い革でできたお守りに、手首で切り落とされたどす黒い小さな手を描いた。それはほんの小さな手、ほんとうに小さな手で、五本の小さな指がちゃんと離れていて、指先が〝オゥンク〟と呼ばれる半透明のピンクのトカゲの指みたいに膨れていた。オゥンクの皮膚はピンクでとても薄いから、薄暗がりでも体の内側が、はらわたが見える。オゥンクは危険で、しょんべんには毒がある。

神の真理にかけて、おれが描いた手は効果てきめんだった。トランクの閂にお守りがぶらさげられると、隊長からおれのトランクをあけておれの七本の手を、よそに隠し直す必要もなかったあれらの手を捜すよう命じられた連中は、隊長に嘘《うそ》をつくしかなかった。隊長に、七本の手を捜しましたが見つかりませんでした、というしかなかった。けれどもひとつ確かなのは、白人も黒人も、お守りで閉じられたトランクに触れる勇気もなかったということだ。四本目の手からもうおれを見る勇気もなかった兵士たちに、おれのトランクに触れる勇気などあるわけがない。なにしろトランクは血の赤をしたお守りで、つまりオゥンクのそれを思わせる先っぽが膨らんだ指を持つ、切り落とされたどす黒い小さな手を入れ墨されたお守りで閉じられていたのだから。あのときばかりは、おれは自分が〝デム〟、魂喰《たまく》いで通っていることに喜んだ。戦功章を持つ年長のチョコレート兵のイブライマ・セックもおれの持ちものを検めにきたが、あのとき彼は、おれの神秘の南京錠を目にして卒倒しそうになったにちがいない。それを目にしてしまった自分を責めさえしたはずだ。おれの神秘の南京錠を見た者はひとり残らず、神の真理にかけて、好奇心のすぎた自分を責めたにちがいない。好奇心のすぎたあれらの腑抜《ふぬ》けたちを思うと、おれは頭のなかでとてつもなく大きな声で笑わずにはいられない。

人前でおれは頭のなかで笑うようには笑わない。おれの老いた父はいつもいっていた。「わけもなく笑うのは、子どもと狂人だけだ」おれはもう子どもではない。神の真理にかけて、戦争がいきなりおれを成長させた。兄弟以上の存在のマデンバ・ディオップが死んだあとはとくに。だがやつが死んだあとも、おれはまだ笑っている。ジャン＝バティストが死んだあとも、まだ頭のなかで笑っている。ほかの人たちにとっておれはただのにこやかな男で、おれはただ微笑んでいる。神の真理にかけて、微笑みはあくびのように伝染する。おれはほかの人に微笑み、相手は律儀に微笑みを返してくる。おれが彼らに微笑むとき、彼らがおれの頭のなかに響きわたる高笑いを聞くことはない。ありがたいことに。それというのも、聞こえていたら連中は、おれを手のつけられない狂人と見なすだろうから。切りとられた手とおなじだ。手は、おれがそれらの持ち主たちになにをしたか、決して語りはしなかった。隊長がいうところの誰のものでもない大地の冷気に湯気を立ちのぼらせていたはらわたについて、語りはしなかった。切りとられた手は、八人の青い眼の敵の腹をおれがどんなふうにして切り裂いたか、語りはしなかった。神の真理にかけて、あれらの手をおれがどんなふうにして手に入れたか、誰もたずねはしなかった。青い双子の眼の砲撃の名人の、こすっからい小さな砲弾に頭を吹き飛ばされて死んだジャン＝バティストでさえも。手もとに残った七本の手は、おれの微笑みのようなものだ。おれを密かに高笑いさせるあの行為を、つまり敵のはらわたを引きずり出したあの行為を、打ち明けるのと同時に隠している。

笑いは笑いを呼び、微笑みは微笑みを呼ぶ。銃後の療養施設でおれがいつも微笑んでいるものだから、みんなもおれに微笑む。神の真理にかけて、おれの友人のチョコレートとトゥバブの兵士でさえ、つまり真夜中に頭のなかで出撃のホイッスルと戦争の轟音《ごうおん》が鳴り響いて絶叫するあいつらでさえ、おれが微笑んでいるのを見るとすぐにおれに微笑む。そうせずにはいられない。神の真理にかけて、自然に微笑みが浮かぶ。

背が高くて痩せていて、悲しげな顔をした医者のフランソワ先生も、おれが現われると微笑む。隊長がおれのことをよく只者《ただもの》ではないといっていたように、フランソワ先生も眼でおれに、おれのことを男前だという。神の真理にかけて、フランソワ先生はおれのことがとても好きだ。ほかの人には微笑みを出し惜しみするのに、おれには惜しみなく与えてくれる。それもこれも、微笑みが微笑みを呼ぶからだ。

けれども神の真理にかけて、おれがしじゅう微笑みを振りまいて得ているおれのいちばんのお気に入りの微笑みは、フランソワ先生の大勢いる白ずくめの娘のひとり、マドモワゼル・フランソワの微笑みだ。神の真理にかけて、マドモワゼル・フランソワはおれのことが大好きだ。神の真理にかけて、マドモワゼル・フランソワはそうと知らずに自分の父親とおなじ意見だ。彼女も眼でおれに、おれのことを男前だといった。だがそのあと彼女がおれの体の中心を見たその目つきで、おれは彼女がおれの顔以外のことを考えているのがわかった。知っている、わかっている、おれは彼女がおれと愛を交わしたがっているのを察した。知っている、わかっている、おれは彼女が素っ裸のおれを見たがっているのを察した。彼女のまなざしを見てわかった。なにしろそれは、河からそう遠くない小さな黒《こく》檀《たん》の森で、戦争に発つ数時間前におれに身を任せたファリー・チャムのまなざしとおなじだったから。

ファリー・チャムはおれの手を取り、おれの眼を見て、それから密かにもっと下を見た。そのあと、おれたちがいた友人の輪を抜け出した。そしておれは、彼女が去ったあと少ししてみんなに別れを告げ、河のほうへ歩いていくファリーを遠くから追った。ガンディオル村の人たちは、女神マム・クンバ・バングを恐れて夜、河辺を歩くのをいやがった。ファリー・チャムとおれは、河の女神が恐れられているおかげで誰にも会わずにすんだ。ファリーとおれは、交わりたいという思いがとてつもなく強すぎて、恐ろしさを感じなかった。

神の真理にかけて、ファリーは一度も振り返らなかった。彼女は河の近くの高台にある小さな黒檀の森へ向かった。森のなかに入っていったので、おれもそれにならった。ふたたびファリーの姿をとらえたとき、彼女は木に背中をつけているように見えた。おれの真向かいに立ち、おれを待っていた。満月の夜だったが、黒檀の木がかなり密に生えていたので、月明かりは届かなかった。木に背中をつけているファリーの姿をなんとかとらえはしたが、神の真理にかけて、顔さえよく見えなかった。ファリーに引き寄せられて、おれは彼女が裸なのを感じた。ファリー・チャムからは香《こう》と緑の河のにおいがした。ファリーはおれの服を脱がせ、おれはされるがままだった。ファリーはおれを地べたに導き、おれは彼女に覆いかぶさった。おれはファリーの前に女を知らず、ファリーはおれの前に男を知らなかった。どうすればいいかわからないまま、おれはファリーの体の中心の内側に入った。神の真理にかけて、ファリーの体の内側は信じられないほど柔らかく、熱っぽく、湿っていた。おれは長いあいだじっとしたままファリーの内側で脈打っていた。それからふいに彼女がおれの下で腰をまわしはじめた。最初はゆっくり、そのあとどんどん速く。ファリーの内側にいるのでなければ、おれは笑ったにちがいない。おれたちの見た目は相当おかしかったはずだから。それというのも、おれもまた腰を四方八方に動かしはじめ、おれの動きのそれぞれにファリー・チャムが腰の動きで応じてきたからだ。ファリーはうめきながら腰を振り、おれもうめきながら腰を振ってお返しした。神の真理にかけて、あれがあれほど気持ちよくなかったなら、あんなふうにたがいをぶつけあってうごめく自分たちを頭のなかで眺める余裕があったなら、おれは盛大に笑っただろう。けれども笑えなかった。ファリー・チャムの内側で悦《よろこ》びにうめくことしかできなかった。あんなふうにしておれたちの体の中心をありとあらゆる方向に動かしたおかげで、いつも起こることがあのときも起こった。おれはファリーの内側で高みに達し、おれは叫びながら高みに達した。それは強烈で、自分の手でやるよりもっとずっとよかった。ファリー・チャムも最後に叫んだ。ありがたいことに、誰にも聞かれずにすんだ。

起きあがったとき、おれたちは、ファリーとおれは、立っているのもやっとだった。黒檀の茂みがつくる暗闇のなかで、彼女のまなざしは見えなかった。けれども月は丸く巨大で、ほとんど黄色で、河の緑の水面《みなも》に映る小さな太陽のようだった。それはまわりの星々を掻《か》き消すほどだったが、黒檀の木々がその輝きからおれたちを守ってくれた。ファリー・チャムは服を着て、おれが服を着るのに子どもにするみたいに手を貸した。ファリーはおれの頬《ほお》に口づけすると、ガンディオル村のほうへ振り返らずに遠ざかっていった。おれはそのままそこにいて、河《かわ》面《も》で燃える月を眺めていた。長いことそのままそこにいて、燃え立つ河をなにも考えずに眺めていた。神の真理にかけて、それが戦争に発つ前、おれがファリー・チャムを目にした最後だった。

15

医者のフランソワ先生の大勢いる白ずくめの娘のひとりのマドモワゼル・フランソワは、ファリー・チャムが燃え立つ河の近くでおれと愛を交わしたいと願った夜に向けてきたのとおなじ眼でおれを見た。おれはマドモワゼル・フランソワに微笑んだ。彼女はファリーとおなじようにとてもきれいな若い女だ。マドモワゼル・フランソワは青い双子の眼をしている。マドモワゼル・フランソワはおれの最初の微笑みに微笑みを返し、おれの体の中心に長々と視線を注いだ。マドモワゼル・フランソワは彼女の父親のフランソワ先生とはちがう。神の真理にかけて、彼女は生き生きしている。マドモワゼル・フランソワはその青い双子の眼で、あなたは上から下までとても美しい、と伝えてきた。

けれども、もしマデンバ・ディオップが、おれの兄弟以上の存在がまだ生きていたら、おれにこういったはずだ。「いや、おまえは嘘をついている、彼女はおまえが美しいとはいってない。マドモワゼル・フランソワは、おまえが欲しいとはいってない！　おまえは嘘をついている、それはちがう、おまえはフランス語が話せない！」だがフランス語が話せなくても、おれはマドモワゼル・フランソワがその眼で語る言葉を理解できる。神の真理にかけて、おれは自分が美しいのを知っている。眼という眼が、おれにそう伝えてくる。青い眼も黒い眼も、男の眼も女の眼も。ガンディオル村のありとあらゆる年齢のありとあらゆる女の眼とおなじように、ファリー・チャムの眼もおれにそう伝えてきた。セネガル相撲の砂の土俵に素っ裸に近い姿でいると、女も男もおれの友人たちの眼がいつもおれにそう伝えてきた。マデンバ・ディオップの、おれの兄弟以上の存在の、あの貧弱な男、あのやせっぽちの眼でさえも、おれが裸で闘うとき、おまえがいちばん美しいと伝えずにはいられなかった。

マデンバ・ディオップにはおれになんでもいえる権利が、おれをからかう権利があった。それというのも〝冗談の親戚〟の間柄にあったからだ。マデンバ・ディオップはおれの生き方を皮肉ったり、あざ笑ったりできた。それというのも、おれの兄弟以上の存在だったからだ。けれども、おれの見た目についてはなにもいえなかった。おれがあまりにも美しいものだから、誰のものでもない大地で犠牲になった者たちは別にして、おれが微笑むと例外なく相手もおれに微笑んだ。おれがとてつもなく白く、並びもきれいな歯を見せると、マデンバ・ディオップでさえ、つまりこの世が生んだあの最強のからかい好きでさえ、口もとをほころばせ、彼も彼でその汚い歯を見せずにはいられなかった。けれども神の真理にかけて、マデンバは決して認めようとはしなかったはずだ。おれのとてつもなく白くて美しい歯、おれのとてつもなく幅広の胸板と肩、おれの引き締まった腰と腹、おれのたくましく盛りあがった腿《もも》を妬《ねた》んでいるのを。マデンバはただその眼でおれに、おまえを妬んでいるのと同時に好いている、と伝えてくるだけだった。月明かりのもと、おれが四回続けて相撲に勝ち、おれを称賛する女や男の人群れに囲まれながら黒く輝いていると、マデンバはその眼でおれにいったものだ。「おれはおまえを妬んでいる、だけど、おまえを好いている」その眼でおれにいったものだ。「おれはおまえになりたい、だけど、おまえを誇りに思う」この世のすべてのものごととおなじように、おれを見つめるマデンバの視線も、二重の面を持っていた。

おれの兄弟以上の存在のマデンバを亡くした戦いから遠く離れたところにいるいま、頭を吹き飛ばすこすっからい小さな砲弾と金属の空から降ってくる戦争の大きな赤い粒から遠く離れたところにいるいま、アルマン隊長とその死のホイッスルから、戦功章を持つおれの年長のチョコレート兵のイブライマ・セックから遠く離れたところにいるいま、おれはおれの友を絶対にからかってはいけなかったのだ、と思う。マデンバは汚い歯をしていたが、勇敢だった。鳩《はと》のように膨らんだ胸をしていたが、勇敢だった。恐ろしいほどやせこけた腿をしていたが、本物の戦士だった。知っている、わかっている、おれがすでに知っていたやつの勇敢さを示すよう、おれの言葉であいつの背中を押してはいけなかったのだ。知っている、わかっている、マデンバはおれを妬んでいるのと同時に好いていたから、やつが死んだ日、アルマン隊長が出撃のホイッスルを吹くとすぐに真っ先に飛び出したのだ。真に勇敢であるには、美しい歯も、見事な肩も、幅広の上半身も、とてつもなく強い腿も腕もいらないことをおれに示すために。そしておれはついにこう考えるに至った。マデンバを殺したのは、おれの言葉だけじゃない。やつを殺したのは、戦争の空から降ってくる金属の粒ほどに人を傷つける、ディオップ一族のトーテムにまつわるおれの言葉だけじゃない。知っている、わかっている、おれの美しさのすべてが、おれの力のすべてが、マデンバを、おれを好いていたのと同時に妬んでいたおれの兄弟以上の存在を殺したのだ。おれの体の美しさと力が、やつを殺したのだ。おれの体の中心に注がれるありとあらゆる女たちの視線が、やつを殺したのだ。おれの肩、おれの胸、おれの腕、おれの脚をなでまわすあれらすべての視線が、おれの並びのいい歯、おれの誇り高い鷲鼻《わしばな》に長々と注がれるあれらすべての視線が、やつを殺したのだ。

戦争が始まる前からすでに、マデンバ・ディオップとおれがふたりして一緒に戦争に発つ前からすでに、ほかの人たちはおれたちを引き離そうとした。神の真理にかけて、ガンディオル村の性悪な連中はおれたちの仲を引き裂こうとし、当時からすでにマデンバに、おれが〝デム〟だと、やつが眠っているあいだにおれがやつの生気をちびちび食べていると吹きこんだ。村のそうした連中は、マデンバにこういった――おれはそれを、おれたちふたりを好いていたファリー・チャムから聞いた――「見ろよ、アルファ・ンディアイがどんなに美しく光り輝いているか。見ろよ、おまえがどんなにやせこけて醜いか。あいつはな、おまえの生気をすべて吸いとってるのさ。それでおまえが泣きを見て、あいつが得してるってていうのも、あいつは〝デム〟で魂喰《たまく》いだから。あいつがおまえに手加減するはずない。あんなやつ、縁を切れ、もうつきあうな。でないと、ぼろぼろになるぞ。体の内側が干からびて、塵《ちり》になるぞ！」けれどもマデンバはそんな悪口を気にかけず、決しておれをおれの光り輝く美しさのもとにひとり捨て置くようなまねはしなかった。神の真理にかけて、マデンバは決しておれが〝デム〟だと思わなかった。それどころか、村の性悪な連中からおれを守るため喧嘩した。おれはやつが唇を切らして戻ってきたのを見たとき、まさかそんなことをしたとは思わなかった。それを教えてくれたのは、ファリー・チャムだ。おれたちが、マデンバとおれが、フランスでの戦争に発つ直前に。おれたちふたりを好いていたファリーのおかげでおれは、貧弱な鳩胸をし、腕と腿が恐ろしいほどやせこけていたにもかかわらず、マデンバが、おれの兄弟以上の存在が、やつより屈強な若者たちの拳固や蹴りにもひるまなかったのを知った。神の真理にかけて、幅広の胸とおれに負けないぐらい強くがっしりした腕と腿を持っていたら、勇敢になるのはもっと簡単だ。だがマデンバのような真の勇者とは、弱いのに拳固や蹴りにひるまない人たちだ。神の真理にかけて、おれはいま、マデンバはおれより勇敢だったと認めることができる。けれども知っている、わかっている、もう遅い、おれはやつが死ぬ前に、そのことをやつに伝えなければならなかったのだ。

だから、おれはたとえマドモワゼル・フランソワのフランス語は話せなくても、おれの体の中心に注がれた彼女の眼が語る言葉はわかった。理解するのにそれほど苦労はしなかった。ファリー・チャムと、そしておれを欲しがったほかのありとあらゆる女のそれとおなじだったから。

けれども神の真理にかけて、前の世界でおれがファリー・チャム以外の女を欲しがったことはない。ファリーはおなじ年頃の女の子たちのなかでいちばんきれいというわけではなかったが、その微笑みがおれの心を揺さぶった。ファリーにはとてつもなくうっとりさせられた。その声は、丸木舟が行き来する、静かな漁の朝の河のさざなみみたいにやさしかった。その微笑みは、夜明けの光だった。その尻は、ロンプル砂漠の丘を思わせるほど丸く盛りあがっていた。その眼は、鹿の眼でありライオンの眼で、あるときは大地を揺さぶる竜巻であり、あるときは凪《な》いだ海原だった。神の真理にかけて、おれはファリーの愛を得るためだったら、マデンバとの友情を捨てることすらできただろう。ありがたいことに、ファリーはマデンバではなくおれを選んだ。ありがたいことに、おれの兄弟以上の存在は、おれに遠慮して身を引いた。マデンバがあきらめたのは、ファリーがみんなの眼の前でおれを選んだからだ。

彼女は雨季（セネガルの雨季は七月〜九月）のある夜、おれを選んだ。おれたちはおなじ年頃の仲間たちと一緒にマデンバの両親の屋敷で、夜なべの、夜明かしの、夜通しの集まりをひらいて明け方まで気の利いたおしゃべりを楽しもうと計画し、みんなに知らせていた。マデンバの実家の中庭で、おなじ年頃の女の子たちとムーア茶を飲み、甘い菓子でも食べようじゃないか。それとなく愛について語ろうじゃないか。おれたちは小遣いを出しあい、村の店でムーア茶三パックと青い紙に包まれた大きな円錐形《えんすいけい》の砂糖を買った。そしてその砂糖を丸々使って小さな粟《あわ》菓子を百個ばかりつくった。マデンバの実家の中庭の細砂の上に大きな筵《むしろ》を何枚か広げた。夜になると、火花を散らしている小さな七つのかまどの白熱した置き台に、赤い琺瑯《ほうろう》の小さな七つのティーポットを置いた。そして店から借りた、フランスの陶器を模した大きな金物の盆に小さな粟菓子を丁寧に並べた。おれたちは持っているもののなかでいちばんきれいなシャツを、月明かりを受けて光り輝けるようないちばん明るい色のシャツを着た。おれはボタンのついたシャツを持っていなかった。マデンバが貸してくれたシャツはおれには小さすぎたが、それでもおなじ年頃の女の子十八人がマデンバの実家の屋敷に入ってきたとき、おれは光り輝いていた。

おれたちの歳は十六で、おれたちはみんなファリー・チャムを欲していた。とはいえ、彼女はいちばんきれいというわけではなかった。そしてファリー・チャムは、みんなのなかからおれを選んだ。筵に坐《すわ》っているおれに気づくとすぐに、おれのほんのすぐそばまで来てあぐらをかいた。おれの右腿が、彼女の左腿に触れそうなほど近かった。神の真理にかけて、心臓があまりにも激しく激しく打ったので、内側から肋骨《ろっこつ》を折ってしまうんじゃないかと思ったほどだ。神の真理にかけて、あの瞬間から、おれは幸せがどんなものかわかった。煌々《こうこう》と輝く月明かりのもとで、ファリーがおれを選んだときに彼女がくれた喜びに勝る喜びはない。

おれたちの歳は十六で、おれたちは笑いを欲していた。おれたちは順繰りに、巧みなほのめかしをちりばめた笑える小話を披露したり、謎解きをつくったりした。おれたちの輪にいつのまにか入りこんでいたマデンバの弟妹《きょうだい》たちは、おれたちの話を聞きながら、ひとり、またひとりと寝入った。そしておれはといえば、この世のすべてを支配する王になったみたいな気分だった。なにしろファリーがおれを、ほかでもないこのおれを選んだのだから。おれが右手でファリーの左手を握ると、ファリーはおれを信頼するようにそのまま手をあずけた。神の真理にかけて、ファリー・チャムは別格だった。けれども、おれに身を任せようとはしなかった。おなじ年頃の男のすべてのなかからおれを選んだあの夜のあと、体の内側に入れさせてくれと頼むたび拒まれた。ファリーは四年間ずっと、「だめ《ノン》」、「だめ《ノン》」、「だめ《ノン》」といいつづけた。おなじ年頃の男女が体を交えることは絶対ない。たとえ生涯の親友同士になっても、おなじ年頃の男女が夫と妻になることは絶対ない。おれはそれを知っていた、ずしりと重いその掟《おきて》についてわかっていた。神の真理にかけて、代々受け継がれてきたこの決まりについてわかっていたが、受け入れはしなかった。

　おれはたぶん、マデンバが死ぬずっと前から自分の頭で考えはじめていたのだ。隊長がいうように、火のないところに煙は立たない。遊牧民のプル族のことわざがいうように、「夜明けにはすでに、その日のよしあしがわかる」。おれの心はたぶん、装いすぎて、着飾りすぎて実直さを失った義務の声を疑いはじめていたのだ。おれの心はたぶん、人間らしさをまとった人間らしさを欠く掟に「否《ノン》」という用意をすでにととのえていたのだ。それでもおれは、たとえファリーに拒まれても、おれたちが、マデンバとおれが戦争に発つ前の日までファリーが「だめ《ノン》」といいつづけたそのわけを知ってはいても、わかってはいても、望みを持ちつづけた。

16

神の真理にかけて、医者のフランソワ先生はいい人だ。フランソワ先生はおれたちに考える時間を、自分自身を振り返る時間を与えてくれる。フランソワ先生はおれたちを、おれとほかの人たちを、大きな部屋に集める。そこには学校みたいに机と椅子がある。おれは学校に一度も通ったことはないが、マデンバはある。マデンバはフランス語を話せるが、おれは話せない。フランソワ先生は学校の先生みたいだ。おれたちに椅子に坐るようにいい、先生の娘の全身白ずくめのマドモワゼル・フランソワが、それぞれの机に紙と鉛筆を置く。それからフランソワ先生は身ぶりでおれたちに、なんでも好きな絵を描《か》いてください、という。知っている、わかっている、先生はその青い双子の眼を大きく見せるメガネの後ろから、おれたちの頭の内側をのぞいているのだ。その青い双子の眼は、こすっからい小さな砲弾でおれたちの頭と胴体を切り離そうとする向こう側の敵の眼とはちがう。その鋭い青い双子の眼は、おれたちの頭を救うためおれたちをじっとうかがう。知っている、わかっている、おれたちの絵は、先生がおれたちの心から戦争の汚れを洗い流すのに手を貸している。知っている、わかっている、フランソワ先生は、戦争で汚れたおれたちの頭を清める人だ。

神の真理にかけて、フランソワ先生といると心がなごむ。フランソワ先生がおれたちに話しかけることはほとんどない。先生はもっぱら眼で話す。もっけの幸いだ。なにしろおれは、トゥバブたちの学校に行っていたマデンバとちがい、フランス語が話せないのだから。というわけで、おれはフランソワ先生に絵を通じて話をする。フランソワ先生はおれの絵が大好きだ。そのことを先生は、微笑みを浮かべておれを見ながら、ふたつの大きな青い双子の眼で伝えてくる。フランソワ先生はうなずき、おれは先生のいいたいことがわかる。先生はおれに、きみが描くものはとてもきれいで、とても表現豊かだ、と伝えようとする。おれは知っている、すぐにわかった、おれの絵は、おれの歴史を語っていた。知っている、わかっている、フランソワ先生はおれの絵を、物語を読むみたいに読んでいた。

フランソワ先生がくれた紙におれが最初に描いたのは、女の人の顔だ。おれはおれの母の顔を描いた。神の真理にかけて、母はおれの記憶のなかでとても美しく、おれはプル族のやり方で髪をきれいにととのえ、プル族のやり方で飾りものをきれいにまとった母を描いた。フランソワ先生は、おれの絵の美しい細部を見ながらしきりに感心していた。そのことを、メガネの後ろにあるふたつの大きな青い双子の眼がはっきり伝えてきた。おれはたった鉛筆一本で、母の顔に命を与えた。知っている、すぐにわかった、鉛筆で描いた顔に、つまりおれが描いた母の絵のような女の肖像画に命を与えるもの、それがいったいなんなのか。紙の上に命を吹きこむもの、それは光と影の戯れだ。おれは母の大きな眼のなかに光のきらめきを入れた。それらの光のきらめきは、おれが鉛筆の黒で塗らなかった紙のまばゆい白から生まれ出た。母の顔の命は、鉛筆の黒がさっとかすめただけの紙面のほんのわずかな隙間からも生まれ出た。神の真理にかけて、知っている、わかっている、おれはなんの変哲もない鉛筆でフランソワ先生に伝えるすべを見いだした。耳に螺旋《らせん》の金の重たい飾りをぶらさげ、鷲鼻の両側に赤くて細い金の輪っかを刺したおれのプル族の母親が、どれほど美しかったか。おれはフランソワ先生に語ることができた。まぶたに炭を塗り、色づけされた唇からとてつもなく並びのいい白くて美しい歯をのぞかせ、編みこんだ髪に金貨をちりばめていたおれの子ども時代の記憶にある母親が、どれほど美しかったか。おれは光と影で母を描いた。神の真理にかけて、おれの絵があまりにも生き生きしていたものだから、フランソワ先生はたぶん、おれの母がおれの手で描かれた口を借りて先生にこう語るのを聞いたのだ。わたしは家を出た。だけど、あの子のことは忘れていない。わたしはあの子をあの子の父親に、あの老いた人にあずけて家を出た。だけど、いまでもあの子を愛している。

母は父の四番目で最後の妻だった。父にとって母はまずは喜びの、次《つ》いで悲しみの泉だった。母はヨロ・バのひとり娘だった。ヨロ・バはプル族の牧夫で、毎年、家畜の群れを南へ移動させるさい、父の畑の真ん中を突っ切っていた。群れはセネガル河流域からやってきて、乾季のあいだにガンディオル村からすぐのところにあるニャイ地方の、とこしえに青い草原にたどり着いた。ヨロ・バはおれの父が、あの老いた人が好きだった。それというのも、真水の出る井戸を使わせてくれたからだ。神の真理にかけて、ガンディオル村の農民はプル族の牧夫たちが好きではない。だが、おれの父はほかの農民とはちがっていた。父は畑の真ん中に道を拓《ひら》き、ヨロ・バの群れを自分の井戸へ導いた。おれの父は口癖のようにいつも、みなが生きていけるようせねばならない、といっていた。父は根っからのもてなし好きだった。

その名に恥じないプル族の男にこれほどすばらしい贈りものを与えた人が、返礼されずにいるわけがない。そして水呑《みずの》みをさせるため、おれの父の畑の真ん中を突っ切って父の井戸に自分の群れを導いたヨロ・バのようなその名に恥じないプル族の男は、父にとてつもなく貴重な贈りものを返さないわけにはいかなかった。神の真理にかけて、母がおれにこう教えてくれた。贈りものをもらったのにお返しができないプルの男はね、悲嘆のあまり死んでしまうこともある。プルの男はね、と母はおれに語った。讃歌《さんか》を吟《ぎん》じるグリオ（口頭伝承を担う西アフリカの職業的楽師）に報いるのにもし自分の服しかもう持ちあわせがなければ、裸にだってなれる。その名に恥じないプルの男はね、と母はおれにいった。讃歌を吟じるグリオに報いるのにもし自分の体以外もうなにも残されていなければ、片耳を切り落とすことだってできる。

男やもめだったヨロ・バにとって白や赤や黒の牛の群れのほかに大事だったのは、五人の息子に囲まれたひとり娘だった。神の真理にかけて、ヨロ・バにとって娘のペンド・バは、計り知れない値打ちがあった。ヨロ・バにとって彼の娘は、王子に娶《めと》られるだけの値打ちがあった。彼にとってペンドは、王家の結納品の、自分の群れと少なくともおなじくらい大きな群れの、北のムーア人の少なくともラクダ三十頭分の値打ちがあった。神の真理にかけて、母がおれにそう教えてくれた。

というわけで、ヨロ・バはその名に恥じないプル族の男だったから、おれの父に、あの老いた人に、次の移動のさいに娘のペンド・バを妻として与えると告げた。娘を嫁《とつ》がせるにあたり、結納品を求めはしなかった。求めたのはただひとつ、父がペンドとの婚礼の日取りを決めることだった。任せてくれ、それ以外はすべてこっちが引き受けよう。新婦の衣装と螺旋の金の飾りものを買い、婚礼当日には自分の群れから二十頭を潰し、讃歌を吟じるグリオたちを雇い、その代金を数十メートルほどの高価な布で、つまり刺繡《ししゅう》の入ったずしりと重い高級布《バザン》と、フランス製のふわりと軽いインド更紗《サラサ》で支払うことにしよう。

その名に恥じないプル族の男に、自分の群れを温かく迎え入れてくれた礼として愛娘《まなむすめ》を嫁がせようとするプル族の男に、「否《ノン》」とはいえない。その名に恥じないプル族の男に、「なぜ?」とはいえるが「否《ノン》」とはいえない。神の真理にかけて、おれの父はヨロ・バに「なぜ?」とたずね、ヨロ・バは母がいうには、こう答えた。「バシル・クンバ・ンディアイ、あんたはしがない農民だ。だが、あんたは気高い。プルのことわざがいうように、〝死を迎えるそのときまで、人間は創られつづける〟。わたしは人生で大勢の人間を見てきたが、あんたのような人はひとりもいなかった。わたしはあんたの知の恵みを受け、知のもとで成長する。あんたは王族のもてなしを心得ているから、娘のペンドをあんたにやることで、わたしの血はみずからを王と知らない王の血とまじることになる。ペンドをあんたに嫁がせることで、わたしは不動と動とを、止まった時間と流れる時間とを、過去と現在とを和解させる。大地に根を張る木々とその葉を揺らす風とを、大地と空とを和解させる」

みずからの血を分け与えようとするプル族の男に、「否《ノン》」とはいえない。そこでおれの父は、すでに三人の妻を持つあの老いた人は、三人の先妻の承諾を得たうえで、四人目の妻を迎えることに「是《ウィ》」といった。そして父の四人目の妻、ペンド・バがこのおれを生んだ。

けれどもペンド・バの結婚から七年後、つまりおれの誕生から六年後、ヨロ・バと五人の息子と彼らの家畜の群れはガンディオル村にもう姿を現わさなかった。

それから二年のあいだ、ペンド・バは彼らが戻るのをひたすら待ちつづけた。一年目、ペンドは先妻たちにも夫にも、ひとり息子のおれにも変わらずやさしかったが、幸せではなかった。不動の暮らしにもう耐えられなかった。ペンドはおれの父を、あの老いた人を受け入れたが、当時の彼女はまだ子ども時代を終えたばかりだった。約束を尊ぼうとする思いから、ヨロ・バを尊ぼうとする思いから、彼女は父の妻になることを受け入れた。ペンドは結局、おれの父、バシル・クンバ・ンディアイを愛するようになった。それは彼が自分とは正反対だったからだ。彼は変わらぬ景色のように老いていて、彼女は変わりゆく空のように若かった。彼はバオバブのように不動で、彼女は風の娘だった。正反対の者同士はときに、隔たりがあるからこそ惹《ひ》かれあうことがある。ペンドは結局、おれの父を、あの老いた人を愛するようになった。それというのも彼が、めぐりくる季節と大地の知恵のすべてを集めていたからだ。おれの父は、あの老いた人は、ペンドを深く愛した。それというのも彼女が、自分にはないものを持っていたからだ。動きを、溌溂《はつらつ》とした変わりやすさを、新しさを。

とはいえペンドが七年のあいだ不動の暮らしに耐えたのは、父と兄弟たちと彼らの家畜の群れが彼女に会いに毎年ガンディオル村に来るからだった。彼らは旅のにおいを、灌木《かんぼく》の茂みに張る野営のにおいを、飢えたライオンたちから家畜の群れを守る不寝番《ねずばん》のにおいを運んできた。彼らの眼には、途中で迷子になった家畜たちの思い出が宿っていた。家畜は生きて見つかるのも、死んで見つかるのもいたが、決して見捨てられはしなかった。彼らは彼女に、日中の土埃《つちぼこり》のもとで見失い、星明かりのもとでふたたび見いだす道について語った。彼らは彼女に、彼らの白や赤や黒の牛の大群をニャイ地方のとこしえに青い草原へ導くためガンディオル村を通過するたびに、一年の遊牧の暮らしをプル族の歌うような言葉で、つまりプル語で伝えた。

彼らが戻ってくるのをひたすら待ちながら村の暮らしに耐えていたペンドは、彼らが来ない最初の年からすぐにやつれはじめた。二年目には笑うこともなくなった。彼らが村にいるはずの乾季のあいだ、彼女はおれを連れて毎朝、ヨロ・バが群れに水呑みをさせていた井戸を見にいった。彼女は、父が彼らのために畑の真ん中に拓いた道を悲しげに見つめた。ヨロ・バと自分の兄弟たちの家畜の群れの鳴き声が遠くに聞こえないかと耳をそばだてた。村のいちばん北の端で何時間も人知れず待ったあと、ふたりしてのろのろ村に帰るときこっそりのぞき見た母の眼は、孤独と後悔とで取り乱していた。

おれが九つのとき、ペンド・バを愛していた父は、ヨロ・バと彼女の兄弟たちと彼らの家畜の群れを捜しにいくよう彼女にいった。父は、彼女を死なせるぐらいなら行かせたほうがいいと考えた。知っている、わかっている、父が望んでいたのは自分の近くに、村の墓地に横たわる死んだ母ではなく、遠くで生きているとわかっている母だった。おれはそれを知っている、わかっている。それというのもペンドが家を去るとすぐに、父が老けこんでしまったからだ。あっという間に総白髪になった。あっという間に腰が曲がった。あっという間に動けなくなった。ペンドが発つとすぐに、父は彼女を待ちはじめた。神の真理にかけて、父をあざ笑おうとする者はいなかった。

ペンドはおれを連れていこうとした。けれども父は、あの老いた人は拒んだ。

父は、未知の旅に出るのにこの子は幼なすぎる、といった。年端《としは》のいかない子どもを連れてヨロ・バを捜すのは容易じゃないぞ。だがおれは知っている、わかっている、ほんとうをいえば、父はおれが一緒に旅立てば、ペンドがもう二度ふたたび戻ってこないのでないかと恐れていた。父はおれが村にいることで、彼女は家に戻らなければならないとてつもなく大事なわけをかかえることになると安心できた。神の真理にかけて、父は彼のペンドを愛していた。

旅立つ少し前のある晩、ペンド・バは、おれの母は、おれを抱きしめた。そしておれに、もう耳にしなくなってからこの方、おれにはもう理解できなくなっていたあの歌うような言葉で、つまりプル語でこういった。おまえはもう大きいから、わたしの理屈がわかるはず。わたしはおまえのお祖父さんに、おじさんたちに、彼らの家畜の群れになにがあったか知らなければならない。人は命の恩がある者たちを、決して見捨ててはいけない。なにがあったかわかったら、戻ってくる。わたしは自分が命を与えた者を、決して見捨てやしない。神の真理にかけて、母の言葉は、おれを慰めると同時に傷つけた。母はおれを抱きしめると、もうなにもいわなかった。父とおなじように、母が発つとすぐに、おれは母を待ちはじめた。

おれの父は、あの老いた人は、おれの腹ちがいの兄で漁師のンディァガに、丸木舟にペンドを乗せ、まずは北へ、そしてそのあと東へ河を進み、なるたけ遠いところまで彼女を連れていくようにいった。母は半日だけおれを同行させる許しを得た。ンディァガは、おれと母と、そしてもうひとりの腹ちがいの兄のサリウが乗る大きな丸木舟の後ろに小さな丸木舟をつないだ。サリウは頃合いを見ておれをガンディオル村に連れ帰ることになっていた。おれたちは、母とおれは、丸木舟の舳先《へさき》にあるベンチに並んで腰掛けながら、黙って手をつないでいた。ふたりして一緒に、河の水平線を見るとはなしに眺めていた。舟の気まぐれな揺れにあわせて、おれの頭がときどき母のむき出しの肩の上にのった。右耳に、母の肌からほとばしる熱を感じた。しまいにおれは母の腕にしがみつき、その肩に頭をずっとあずけたままにした。おれは、女神のマム・クンバ・バングが河の真ん中におれたちを長いこと引き留めてくれたらいいのに、と思った。とはいえ、おれたちは村の岸辺を離れるとき、女神のために河に凝乳《ぎょうにゅう》を捧《ささ》げてきた。おれは、女神がおれたちの舟をその長い水の腕で抱きしめてくれますように、その茶色い水《みず》藻《も》の髪で舟足を遅らせてくれますように、と祈った。とはいえ、腹ちがいの兄たちは、女神の力強い流れに遡って進むため、調子をあわせて櫂《かい》でぐんぐん女神の背中を漕《こ》いでいた。ンディアガとサリウは、水面《みなも》に見えない畝を立てる河場の野良仕事に息切れして黙っていた。ふたりはおれのために悲しみ、ひとり息子と別れなければならないおれの母のために胸を痛めた。腹ちがいの兄たちでさえ、ペンド・バが好きだった。

別れのときがやってきた。おれたち兄弟は言葉もなくうつむいて眼を伏せ、祝福を受けるため、重ねあわせた手を母のほうへ伸ばした。そして母がおれたちの知らない祈りを、母がおれたちよりよく知っているコーランの長い祝福の祈りをつぶやくのを聞いた。母が口をつぐんだとき、母の祈りのどんなささやかな息づかいをも受けとめようと、おれたちは重ねあわせていた手の掌《たなごころ》を、まるで祈りの泉の水でも飲むみたいに自分の顔にあてがった。それからンディアガが、自分自身に対する怒りを、こみあげてくる涙に対する怒りをぎりぎりと抑えこむような乱暴な動作で小舟を切り離し、サリウとおれはその小舟に移った。母はおれの姿を記憶に刻みつけるため、最後にじっとおれを見つめた。そしておれの乗った小舟が、ひたひた波打つ河の流れに連れ去られていくあいだに背を向けた。知っている、わかっている、母はおれに涙を見せたくなかった。神の真理にかけて、その名に恥じないプル族の女は、息子の前で涙は見せない。おれのほうは、ひどく、ひどく泣いた。

ペンド・バがそのあとどうなったか、ほんとうのところは誰も知らない。おれの腹ちがいの兄のンディアガは、母をサン＝ルイの市《まち》まで丸木舟で連れていった。そしてそこでサディブ・ゲイユという名の別の漁師に託した。その漁師が羊一頭の値段と引き換えに母を自分の商いの舟に乗せ、ディエリ地方のワラルデ村まで連れていくことになった。普段であればこの時期、ヨロ・バと五人の息子と彼らの家畜の群れはこのワラルデ村で野営を張っていた。けれども河の水嵩《みずかさ》が低すぎたので、サディブ・ゲイユはペンドを彼のいとこのバダラ・ディアウに託し、この人が河沿いを歩いてワラルデ村まで彼女を送りとどけることになった。何人かがムボヨ村を出てすぐのふたりを見かけたが、そのあとふたりは灌木の茂みのなかに消えてしまった。母とバダラ・ディアウがワラルデ村に着くことはなかった。

おれたちがそのことを知ったのは、一年後、ペンドとヨロ・バの便りを待つのに疲れてしまった父が事情を聞こうと、おれの腹ちがいの兄のンディアガをサディブ・ゲイユのもとにもう一度遣わしたときのことだ。サディブ・ゲイユはすぐさま、バダラ・ディアウが暮らしていたポドール村に赴いた。バダラ・ディアウの家族はひと月のあいだ彼からなんの音沙汰もなかったため、彼がおれの母を連れて進むはずだった道筋をたどってすでに捜索をおこなっていた。家族はサディブ・ゲイユに、どうやらふたりに災難が降りかかったようだ、と血の涙を流しながら語った。バダラとペンドはふたりともまちがいなく、ムボヨ村を出てすぐのところで十人ほどのムーア人の馬乗りにさらわれてしまったのだ、と。村人は河べりに残っていたムーア人たちの痕跡をみとめていた。北部のムーア人たちは、奴隷にするため黒人をさらう。知っている、わかっている、ペンド・バがあまりにも美しかったので、彼女を見た連中は、これはもうあの女をかっさらい、自分たちの部族の偉大な首長《シャイフ》に売りつけて、三十頭のラクダを手に入れるしかあるまい、と考えたのだ。知っている、わかっている、そして彼らは復讐《ふくしゅう》を恐れて口封じをするために、一緒にいたバダラ・ディアウもさらったのだ。

そしておれの父は、ペンド・バがムーア人にさらわれたという知らせを聞くとすぐに、どうしようもなく老いてしまった。相変わらず笑い、おれたちに微笑み、世界と自分自身について冗談を飛ばしてはいたが、もう前とおなじではなかった。神の真理にかけて、父はいっぺんに若さの半分を失い、生きる喜びの半分を失った。

17

おれがフランソワ先生のために描《か》いた二番目の絵は、マデンバ、おれの友人、おれの兄弟以上の存在の肖像画だった。この絵はあまりきれいではなかった。うまく描けなかったからではない。マデンバが醜かったからだ。たとえそれがまったくの事実とはいえなくても、おれはいまでもそう思っている。それというのも、おれたちは死によって隔てられてはいるけれど、おれたちふたりはまだ〝冗談の親戚〟の間柄にあるからだ。とはいえマデンバは、外側はおれほど美しくなかったが、内側はおれより美しかった。

母が家を出たまま戻らなくなったあと、マデンバは自分の家におれを迎え入れた。おれの手を取り、おれを実家の屋敷に引き入れた。おれは少しずつマデンバの家に居着くようになった。まずひと晩そこで眠り、次にふた晩続けて眠り、そのあと三晩。神の真理にかけて、おれはそっとゆっくりマデンバ・ディオップの家族の暮らしに入っていった。おれにはもう母さんがいなかった。マデンバはガンディオル村のほかの誰よりもおれを不憫《ふびん》に思い、自分の母親がおれを養子にすればいいと考えた。マデンバはおれの手を取り、アミナタ・サルルのところに引っ張っていった。そしておれの手をやつの母親の手に押しこむと、こういった。「アルファ・ンディアイにここで暮らしてほしいんだ。母さんにこいつの母さんになってほしいんだ」おれの父の先妻たちは、おれにつらくあたったりしなかった。よくしてくれさえした。一番目の妻、つまりンディアガとサリウの母親はとくに。けれどもそうであっても、おれはそっとゆっくり自分の家族を離れ、マデンバの家族のなかに入っていった。おれの父は、あの老いた人は、なにもいわずに受け入れた。アミナタ・サルルに、おれを養子にしたがったマデンバの母親に、

「是《ウイ》」とだけいった。さらに、一番目の妻のアイダ・ムベングに、犠牲祭《タバスキ》のときには必ず、生贄《いけにえ》の羊のいちばんいいところをアミナタ・サルルに渡すよういいつけさえした。そしてついには毎年、生贄の羊を丸々一頭、マデンバの家族が暮らす屋敷に送りとどけさせるようにさえなった。おれの父は、あの老いた人は、おれの姿を目にするたび泣きそうになった。知っている、わかっている、おれは父が愛するペンドに、あまりにもよく似ていた。

悲しみがそっとゆっくり去っていった。そしてアミナタ・サルルとマデンバが流れゆく歳月の力を借りて、心をえぐる痛みをそっとゆっくり忘れさせてくれた。最初の頃、おれたちは、マデンバとおれは、灌木の茂みへ、いつも北のほうの茂みへ遊びにいった。そうするわけを、おれたちは、やつとおれは、知っていた、わかっていた。それでもふたりとも、おれの母のペンドとヨロ・バと、彼の五人の息子と彼らの家畜の群れが戻ってくるのを誰よりも早く見つけたいと願う思いを口に出すのは控えていた。北のほうへ一日かけて遠征しにいくたびに、罠《わな》にかかったヤシリスを捕りにいくためだ、パチンコでキジバトを撃ちにいくためだ、とアミナタ・サルルに説明した。すると彼女はおれたちに、祝福と、ちょっとした食べものと、三つまみの塩と、冷たい水の入った瓢箪《ひょうたん》を与えた。そしておれたちがヤシリスかキジバトを捕まえて串刺しにし——その前にはらわたを抜いたり、羽をむしったり、切り分けたりした——、乾いた小枝で熾《おこ》したつつましい小さな火で焼いたときにはもう、おれの母と、母の父と、母の五人の兄弟と、彼らの家畜の群れのことを忘れていた。ときどき小さな焚《た》き火のオレンジ色の炎が、茂みで捕まえた獲物のひび割れた皮膚から滴り落ちる脂を受けてパチパチと爆《は》ぜた。それを眺めながらおれたちが感じていたのはもう、はらわたをよじる不在の痛みではなく、それとおなじぐらいはらわたをよじる空腹だった。おれたちは信じられない奇蹟《きせき》によってペンドがムーア人の囚《とら》われの暮らしを逃れ、ワラルデ村で父親と五人の兄弟と彼らの家畜の群れを見つけ、みんなしてガンディオル村に戻ってくるという夢を見るのをやめていた。当時はまだ母がさらわれてから日が浅く、手のほどこしようのない母の不在を乗り越えるためおれが唯一頼れたのは、マデンバと、つまりおれの兄弟以上の存在と、ヤシリスやキジバトを狩って焼いて喰《く》う遊びだけだった。

おれたちは、マデンバとおれは、そっとゆっくり成長した。そしてそっとゆっくり、ペンドの帰りを待つためガンディオル村の北に延びる道をたどるのをやめた。十五のとき、おれたちはおなじ日に割礼を受けた。村のおなじ長老に大人になるための秘密の教えを授けられた。長老は振る舞いの心得を伝授した。長老が明かした秘密のさいたるものは、人間がものごとを動かすのではなく、ものごとが人間を動かすという教えだ。人間を驚かせる出来事はみな、自分の前にすでにほかの人間によって経験されている。人間に起こりうるありとあらゆることがらは、すでに体験されている。この世でおれたちに起こることがらは、それがどんなに深刻でも、どんなに好都合でも、決して目新しくはない。だがおれたちが体験することがらは、いつだって目新しい。それというのも、人間はひとりひとり唯一の存在だからだ。おなじ一本の木の葉の一枚一枚が、唯一の葉であるように。人間はほかの人たちと樹液を分かちあっているが、それをどんな具合に糧《かて》にするかはそれぞれだ。目新しいことがらがほんとうは目新しくないとはいえ、世代を引き継ぎながら、次々に押し寄せる波のようにこの世に絶えまなく打ちあげられてくる人間たちにとって、それはつねに目新しい。だから人生を踏みはずさないように、途中で迷子にならないように、義務の声に耳を傾けなければならない。自分の頭で考えすぎるのは、義務に対する裏切りだ。この秘密の教えを理解する者は、人生を平穏に送れるチャンスがある。チャンスの余地は、ごくごく限られてはいるけれど。

おれは強く大きく成長し、マデンバはひ弱で小さなままだった。毎年乾季になると、母に会いたいという思いがおれの喉を締めつけた。おれは体を酷使することでしか、母のことを頭から締め出せなかった。おれは、父の畑とマデンバの父親のシレ・ディオップの畑で働き、踊り、泳ぎ、闘った。いっぽうマデンバは、ずっと坐《すわ》りきりでひたすら勉学に明け暮れた。神の真理にかけて、マデンバはガンディオル村のほかの誰よりも深く聖典を学んだ。十二のときに聖なるコーランを諳《そら》んじたが、おれのほうは十五のときに祈りの言葉をおれなりに唱えるのが精一杯だった。マデンバは村の聖者《マラブー》より物知りになると、白人たちの学校に行きたいといい出した。シレ・ディオップは息子が自分みたいな農民のまま終わるのを望まなかったから、おれが付き添うのを条件にやつの頼みを受け入れた。というわけで、そのあと数年のあいだおれは学校の門までやつを送っていったが、おれ自身がその門を潜《くぐ》ったのは一度きりだ。どんなことがらも、おれの頭の内側には入ってこられなかった。知っている、わかっている、おれの母の思い出が、おれの頭の外側すべてをカメの甲羅《こうら》みたいにぎっちり固めていた。知っている、わかっている、その甲羅の下にあったのは、待つことのむなしさだった。神の真理にかけて、知識を入れる場所はすでに埋まっていた。だからおれは畑で働き、踊り、闘うほうを選んだ。自分の体の力をぎりぎりまで試すために。帰ってくるはずのない母を、ペンド・バをもう待たないようにするために。マデンバが死んでようやくおれの頭があき、おれはそこに隠れていたものをじっくり眺められるようになった。それはまるでマデンバが死んだとき空から金属の戦争の大きな粒が降ってきて、おれの頭の甲羅を真っぷたつにしたかのようだった。神の真理にかけて、頭のなかにあった古い苦しみに、新たな苦しみが加わった。ふたつの苦しみはたがいを見つめあい、説明を、意味を与えあった。

おれたちの人生が二十年目に入ったとき、マデンバは戦争に赴くことを考えた。学校が彼の頭に、母なる祖国フランスを救うという考えを植えつけた。マデンバはサン＝ルイの市《まち》でひとかどの人物に、フランス市民になるのを夢見た。「アルファ、世界は広い、おれは世界をめぐりたい。戦争は村を出るチャンスだ。神が望むなら、おれたちは無事に元気で戻ってくる。おれたちがフランス市民になったら、サン＝ルイで暮らそう。ふたりで商売をしよう。問屋になり、この村にあるのも含めてセネガル北部の店という店に食料品を卸そう！　金持ちになったら、おまえの母親を捜しにいって見つけ出そう。そして彼女をさらったムーアの馬乗りたちから買い戻そう」おれはやつの夢のなかでやつのあとに付き従った。神の真理にかけて、おれにはやつにそうするだけの大きな借りがあった。それにこうも考えた。おれもひとかどの人物に、終身のセネガル歩兵になったら、左手に制式小銃を、右手に野蛮な山刀《やまがたな》を持って、部隊と一緒にときたま北のムーアの部族をいくつか訪れる機会があるはずだ。

最初に出向いたとき、徴兵担当の兵士たちはマデンバに「否《ノン》」といった。マデンバはあまりにも痩せていて、カンムリヅルみたいに軽くて細かった。マデンバは戦争に向いていなかった。けれども神の真理にかけて、マデンバは頑なだった。マデンバはおれに、体の疲れに強くなるよう手を貸してくれと頼んだ。やつはそれまで、頭の疲れにだけ強かった。そこで丸々二カ月かけて、おれはやつの小さな力がどんどん大きくなるようマデンバに強いた。昼ひなかの炎天下に重い砂地を走らせ、河を泳いで渡らせ、やつの父親の畑で何時間も何時間も鍬《くわ》を振るわせた。神の真理にかけて、おれはその名に恥じないセネガル相撲の力士が目方を増やすときにするみたいに、やつに凝乳と落花生のペーストをまぜた粟《あわ》の粥《かゆ》を大量に喰わせた。

二度目に出向いたとき、徴兵担当の兵士たちは「是《ウィ》」といった。彼らはやつが誰かわからなかった。やつは、カンムリヅルからかなり肥えたウズラに変わっていた。おれはフランソワ先生のために、おれがマデンバ・ディオップに「セネガル相撲の力士になりたいんだったら、リング名はもう決まってるぜ、〝雉鳩胸《キジバトムネ》〟

さ！」といったときにやつの顔から弾け出た笑いを描いた。おれは光と影を使って、おれがやつに「おまえはすっかり肥え太っちまったから、おまえのトーテムはおまえのことが見分けられないだろうな」といい足したときに笑ったマデンバの細められた眼を描いた。

18

フランスでの戦争に発つ前の日、ファリー・チャムはまわりにおなじ年頃の男女がいるなかで、おれにそっと眼で「いいよ《ウイ》」といった。満月の夜で、おれたちは二十歳《はたち》で、おれたちは笑いを欲していた。おれたちは巧みなほのめかしをちりばめた笑える小話を披露しあった。それと謎解きも。そうした夜ふかしが、夜明かしが、四年前のようにマデンバの実家の屋敷でひらかれることはもうなくなっていた。マデンバの弟妹《きょうだい》たちは、おれたちの意味深な話を聞きながら寝入ってしまうには大きくなりすぎていた。おれたちは村の砂道の角、マンゴーの木の低い枝に守られた場所に大きな筵《むしろ》を何枚か敷き、そこに坐っていた。胸と腰と尻を強調するサフランイエローの服を着たファリーは、これまでになくきれいだった。彼女の服は、月の光を受けると真っ白に見えた。ファリーはおれに深くてすばやい視線を投げてきた。それはこう伝えようとしていた。「いいこと、アルファ、注意して。これから大事なことが起こるから！」ファリーは、おれたちが十六のときに彼女がおれを選んだ夜とおなじように、自分の手をおれの手に押しつけてきた。そして、おれの体の中心をこっそり盗み見た。それから立ちあがり、みんなにいとまを告げた。おれは彼女の姿が通りの角を曲がって消えるのを待った。そしておれも立ちあがり、距離を置いて彼女のあとを追い、小さな黒檀《こくたん》の森まで行った。おれたちは河の女神のマム・クンバ・バングと出くわすのではないかと怖がったりはしなかった。それほどまでに欲していた。おれはファリーの脚のあいだに入るのを、ファリーはおれが入るのを。

知っている、わかっている、おれたちが、マデンバとおれが戦争に発つ前に、ファリーがなぜ自分の体の内側をおれにひらいてくれたのか。ファリーの身体の内側は、熱っぽくて柔らかで滑らかだった。それまでおれの口や肌が、ファリー・チャムの体の内側ほど熱っぽくて柔らかで滑らかなものを味わったことはなかった。ファリーの体のなかに入ったおれの体のあの部分が、内側であり外側であるおれのあの部分が、上から下まですっぽり包みこむあれほどの愛撫《あいぶ》を受けたことはなかった。悦《よろこ》びを得ようとよくうつ伏せになってあの部分を突き入れていた熱い砂浜でも、石鹸《せっけん》をつけたおれの手で密かに慰めていた河のなかでも。神の真理にかけて、おれは人生においてファリーの体の内側の、熱っぽくてしっとり濡《ぬ》れた柔らかさよりすばらしいものを知らない。そしておれは知っている、わかっている、彼女がなぜ、家名を汚してでもおれにあれを味わわせてくれたかを。

ファリーはたぶん、おれより前に自分の頭で考えるようになったのだ。たぶん、おれの体みたいな美しい体に、戦争で死ぬ前にあの甘美な幸せを知ってほしいと考えたのだ。知っている、わかっている、ファリーはおれが自分の美しい力士の体を戦争の血なまぐさい攻撃に捧げにいく前に、おれを一人前の男にしたかったのだ。だからファリーは、先祖代々伝わる掟《おきて》に背き、おれに身を任せた。神の真理にかけて、おれの体はファリーを知る前、強烈な悦びのあれこれを体験した。おれはセネガル相撲で立てつづけに勝負に挑んで体の力を試し、河を泳いで渡ったあと浜辺の重い砂地をひたすら走って体をぎりぎりまで追いこんだ。炎熱の太陽のもとで体に海水を浴びせかけ、父の畑とシレ・ディオップの畑で何時間も何時間もせっせと鍬を振るったあと、村の井戸から汲《く》んだ冷たい水で渇きを癒やした。神の真理にかけて、おれの体はその力の限界まで達することの悦びを知っていたが、ファリーの熱っぽくて柔らかで滑らかな内側ほど強烈なものはなかった。神の真理にかけて、ファリーはおれに、戦争に発つ前の日の若い男に若い女がしてあげられる最高の贈りものをくれた。体の悦びのあれこれを知らずに死ぬのは理不尽だ。神の真理にかけて、おれはよく知っている、マデンバは、女の体の内側に挿《い》れるあの悦びを知らないまま死んだ。おれはそれを知っている、やつは一人前の男になる前に死んだ。愛する女の内側の、しっとり濡れた滑らかで甘美な柔らかさを知れば、やつは一人前の男になれたのに。マデンバは不憫にも、半人前のままだった。

知っている、わかっている、おれたちが、おれとマデンバが戦争に発つ前に、ファリー・チャムが自分の体の内側をおれにひらいたもうひとつのわけを。戦争の噂《うわさ》が村まで届いたとき、ファリーははっきり悟ったのだ。フランスとその軍隊が、おれを彼女から奪い去ってしまうのを。彼女は知った、わかった、おれが村を出たまま戻らないのを。彼女は知った、わかった、たとえ戦争で死ななくても、おれが二度とふたたび村に戻らないのを。彼女は知った、わかった、おれがマデンバ・ディオップとふたりしてサン＝ルイに住み着くのを。おれがひとかどの人物に、終身のセネガル歩兵になってかなりの額の年金をもらい、老いた父の晩年を楽にし、いつか母のペンド・バを捜し出すことを望んでいるのを。ファリー・チャムは、おれが死ぬにせよ生き延びるにせよ、フランスが彼女からおれを奪い去ると悟ったのだ。

これもまた、おれがトゥバブの国に戦争をしにいく前に、ファリーが自分の体の熱っぽくて滑らかでしっとり濡れている内側をおれに差し出した理由だ。チャムの家名を汚すことになるのに。彼女の父がおれの父を憎んでいるのに。

19

アブドゥ・チャムはガンディオル村の村長だ。村のしきたりがそう決めた。アブドゥ・チャムはおれの父をきらっている。おれの父に、あの老いた人に、みんなの前で面子《めんつ》を潰されたからだ。アブドゥ・チャムは村の徴税人で、そのため彼はある日、長老たちを集めた大きな集会を催し、彼らはやがて村人みんなに取り囲まれることになった。カヨール王の使者に吹きこまれ、サン＝ルイ総督の使者にそそのかされたアブドゥ・チャムは、新しい道を進まねばならない、粟よりも落花生を、トマトよりも落花生を、玉ネギよりも落花生を、キャベツよりも落花生を、西瓜《スイカ》よりも落花生を育てねばならない、といった。落花生、それはみなに金《かね》を余分にもたらす。落花生、それは税金を払うための金だ。落花生は漁師に新しい網を与えてくれる。落花生は新しい井戸を掘るのに役に立つ。落花生がもたらす金、それはレンガの家であり、頑丈な学校であり、家屋の屋根を葺《ふ》く波板トタンだ。落花生がもたらす金、それは鉄道であり道路であり、丸木舟に取りつけるエンジンであり、診療所であり産院だ。落花生を栽培する者は、と村長のアブドゥ・チャムは最後にこうまとめた。労役を、強制労働を、免れるであろう。だが頑なにこれを拒む者は、そうはいかない。

するとおれの父が、あの老いた人が立ちあがり、発言を求めた。おれはその人の末の息子、末の子どもだ。おれの父の頭は、ペンド・バが家を出て以来、総白髪だった。おれの父は、自分の妻たちと子どもたちを飢えから守るためだけに生きてきた日常の兵士だ。おれの父は、人生というこの大河の流れのなかで日々、自分の畑と果樹園から採れる実りでおれたちの腹を満たしてくれた。おれの父は、あの老いた人は、おれたちを、彼の家族であるおれたちを、おれたちに食べさせる作物にしたのとおなじように立派に大きく育てあげた。父は木と果物を育てる人であり、子どもを育てる人だった。おれたちは、父が自分の畑の軽やかな土に蒔《ま》いた種とおなじように、強くまっすぐに伸びた。

おれの父は、あの老いた人は、立ちあがり、発言を求めた。発言が許され、父はいった。

「わたしの名前はバシル・クンバ・ンディアイ、シディ・マラミン・ンディアイの孫で、この村の創始者五人衆のうちのひとりの孫のひ孫だが、アブドゥ・チャム、ここはひとつ、おまえさんの気に障《さわ》るだろうことをいわせてくれ。わたしはわたしの畑のひとつを落花生の栽培にあてがうことには反対しない。だが、わたしの畑のすべてを落花生にあてがうことには反対だ。落花生では家族の腹を満たせない。アブドゥ・チャム、あんたは落花生は金だというが、神の真理にかけて、わたしに金など必要ない。わたしは自分の畑で育つ粟とトマトと玉ネギと、赤インゲン豆と西瓜で自分の家族の腹を満たしている。加えてうちには乳をくれる雌牛が一頭と、肉をくれる羊が数頭いる。息子のひとりは漁師で、魚の干物をもたらしてくれる。妻たちは一年を通じて土から塩を取り出しにいく。これだけあれば、わたしは腹をすかせた旅人をわが家に招き入れることもできる。もてなしという聖なる義務を果たすこともできる。

だが、わたしが落花生を育てたら、家族はなにで腹を満たすのだ？　もてなさなければならない行きずりの旅人の腹をなにで満たすのだ？　落花生がもたらす金は、みなの腹を満たしはしない。答えてくれ、アブドゥ・チャム、わたしは食べものを買うためおまえさんの店に出向かねばならなくなるのだろうか？　アブドゥ・チャム、わたしがこれからいうことは、おまえさんの気に障るだろう。だが村長は、自分の得になることを考える前に、みなの得になることを考えねばならない。アブドゥ・チャム、おまえさんとわたしは、わたしらは対等で、わたしは将来、自分の家族のためにおまえさんの店に出向き、米をツケで、油をツケで、砂糖をツケで売ってくれと頭を下げるようなまねはしたくない。自分が腹をすかせているせいで、腹をすかせた旅人を締め出すようなまねもしたくない。

アブドゥ・チャム、わたしがこれからいうことは、おまえさんの気に障るだろう。だが、周辺の村のそこらじゅうでみながみな、落花生を育てるようになってしまったら、その値段は下がる。もたらされる金がどんどん少なくなり、おまえさんもツケで暮らしていくはめになるだろう。ツケ払いの客しかいない店のあるじは、みずからもまた、仕入先にツケ払いするよりほかはないからだ。

アブドゥ・チャム、わたしがこれからいうことは、おまえさんの気に障るだろう。わたし、バシル・クンバ・ンディアイは、〝飢饉《ききん》の年〟と呼ばれている一年を知っている。おまえさんも、死んだおまえさんの爺さまから話を聞いているかもしれないが。あれはイナゴの襲来の次の年、たいそうひどい日照りの年、井戸が干あがった年、北から砂嵐が吹いてきた年、河の水嵩が低すぎて畑に水を引けなかった年のことだ。まだ子どもだったが憶えている。あの地獄のような乾季にすべてを分かちあわなければ、貯めてあった粟や赤インゲン豆や玉ネギやキャッサバを分かちあわなければ、乳と羊を分かちあわなければ、みなが死んでいただろう。アブドゥ・チャム、落花生はあのとき、わたしらを救えなかったはずだ。落花生がもたらす金も、わたしらを救えなかったはずだ。あのようなたいそうひどい日照りを生き残るには、翌年に蒔く種をどうしたって食べるよりほかはなく、翌年の種は、わたしらが落花生を売ったそのおなじ相手から、向こうのいい値でツケで買うはめになる。そのときから、わたしらはとこしえの貧者になる、とこしえの物乞いになる！　だからアブドゥ・チャム、おまえさんの気に障るだろうが、わたしは落花生に〝否《ノン》〟といい、落花生がもたらす金に〝否《ノン》〟という！」

おれの父の演説はひどくアブドゥ・チャムの気に障り、彼はとてつもなく腹を立てたが、怒りをあらわにはしなかった。アブドゥ・チャムは、父が彼を悪い村長だといったのが気に入らなかった。アブドゥ・チャムは、誰かに自分の店についてて触れられるのがまったくもって気に入らなかった。というわけで、おそらくアブドゥ・チャムがこの世でいちばん望まないのは、娘のファリーがバシル・クンバ・ンディアイの息子のひとりと結ばれることだった。けれどもファリー・チャムは、父親とはちがう決断をした。ファリー・チャムは、おれがフランスでの戦争に発つ前に、小さな黒檀の森でおれに身を任せた。ファリーは、もとよりなかった父親の名誉より、おれのことを愛していた。

20

おれが三番目にフランソワ先生のために描《か》いたのは、おれの七本の手だ。おれがそれらを描いたのは、まるで切りとったばかりのような真に迫った手に再会するためだ。光と影、紙と鉛筆がそれらをどんな具合に再現するのか、おれの眼の前でそれらが母やマデンバの顔とおなじくらいうまくよみがえるのか、おれは興味津々《しんしん》だった。仕上がりはおれの期待を超えていた。神の真理にかけて、描きあげたときそれらの手は、誰のものでもない大地で責め苦を受けている人の腕からおれの山刀で切り離される前に握っていた小銃に油をさしたり、弾をこめたり、弾を撃ったりしたばかり、としか思えなかった。おれはマドモワゼル・フランソワがくれた大きな白い紙に、それぞれの手を並べて描いた。ひとつひとつ、手の甲に生えた毛、黒ずんだ爪、そこそこうまく切り落とされた手首の切り口までちゃんと描いた。

おれは自分にいたく満足した。断っておくが、七本の手はもうおれの手もとにはない。捨てるほうが賢明だと考えたのだ。それに、フランソワ先生が戦争の汚れを取りのぞくため、おれの頭の内側をせっせと洗いはじめていた。おれの七本の手、それは猛《たけ》りであり、復讐であり、戦争の狂気だった。おれはもう、猛りと戦争の狂気を目にしたくなかった。おれの隊長が、塹壕《ざんごう》のなかでおれの七本の手を目にすることにもう耐えられなかったのとおなじように。だからおれはある夜、あれらを埋めることに決めた。神の真理にかけて、それをするのに満月の夜を待った。知っている、わかっている、満月の夜に埋めてはいけなかった。知っている、わかっている、療養所の西棟から、あれらを埋めるため地べたを掘っているおれの姿が見えただろうから。けれどもおれは、誰のものでもない大地で責め苦を受けた人たちの手を、月明かりのもとで埋葬してやらなければならないと考えた。おれはあの人たちを、月と謀《はか》って殺した。月はあの人たちの眼からおれを隠すため、姿を隠した。あの人たちは誰のものでもない大地の闇のなかで死んだ。あの人たちにはいくらかの光が与えられるべきなのだ。

知っている、わかっている、あれはしてはいけないことだった。それというのも、おれの神秘の南京錠で閉じた箱に収めたあれらの手を埋め終えて療養所のほうに向き直ると、西棟の大きな窓のひとつの背後ですっと人影が動いたような気がしたからだ。知っている、わかっている、療養所の誰かがおれの秘密を目撃したにちがいない。そんなわけでおれは、おれの手を描くのに数日待った。誰かがおれの罪を暴くのではないかと様子見した。けれども、告げ口をする人はいなかった。そこで、神秘の水をたっぷりかけて頭の内側を洗うため、おれはおれの七本の手を描いた。おれの手をおれの頭の内側から出ていかせるには、それらをフランソワ先生に見せる必要があった。

おれの七本の手は語り、おれの裁き手たちに洗いざらい明かした。神の真理にかけて、知っている、わかっている、おれの絵はおれの罪を暴いた。フランソワ先生はそれらを見たあと、もう前のようにおれに微笑まなくなった。

21

ここはどこだ？　どこか遠い場所から戻ってきた気がする。おれは誰だ？　まだわからない。闇がおれを包み、なにも見分けられないが、ぬくもりが少しずつおれに命を授けているのを感じる。おれはおれのものではない眼をあけようとする。おれのものではないけれど、じきにおれのものになる手を、おれのものになると感じている手を動かそうとする。おれの脚はそこにある……。おやっ、おれの夢の体の下になにかを感じる。おれがいた場所は、誓っていうが、なにもかもが動かない。おれがいた場所は、誰も体を持たない。なのにいま、どこにも存在しなかったおれが生きているのを感じる。血肉を得たのを感じる。赤くて温かい血に浸《つ》かった肉がおれを包んでいるのを感じる。これからやってくるおれの腹、おれの胸の下でほかの体が動き、おれの体にぬくもりを伝えてくるのを感じる。おれの肌をぬくませるほかの体を感じる。おれがいた場所にぬくもりはなかった。おれがいた場所では、誓っていうが、人は名前を持たなかった。おれはこれから、まだおれのものではないまぶたをひらく。おれは自分が誰かわからない。自分の名前がまだわからない。けれどもじきに思い出すはずだ。おやっ、おれの下にある体はもう動かない。おやっ、おれの下でその動かないぬくもりを感じる。おやっ、ふいにおれの背中に手が触れるのを感じる。まだ完全にはおれのものではない背中に、まだおれのものではない腰に、おれのものではないうなじに。けれどもおれに触れる柔らかな手のおかげで、おれはそれらを自分のものにする。おやっ、手がおれの背中と腰をいきなり叩《たた》き、おれのうなじを引っかく。その手がつける引っかき傷の下で、まだおれのものではなかったこの体がおれのものになる。誓っていうが、無を去るのは気持ちがいい。誓っていうが、おれはそこにいないのにそこにいた。

よし、おれはいまや自分の体を持っている。生まれて初めて、おれは女の内側で悦びを得た。誓っていうが、初めてだ。誓っていうが、これはとてつもなく気持ちがいい。それまでおれは女の内側で悦びを得たことがなかった。なにしろ体がなかったから。とてつもなく遠くから声がして、おれにいう。「手でやるよりずっといい！」遠くからするその声が、おれの頭のなかでささやく。「夜明けの静けさのなかで炸裂《さくれつ》し、おまえのはらわたをひねくりまわすその日最初の砲弾みたいに強烈だ」遠くからするその声が、さらにいう。「世の中にこれほど気持ちのいいものはない」知っている、わかっている、遠いところからするその声が、じきにおれに名前をくれる。知っている、わかっている、その声が、もうすぐおれに名前をつける。

体の悦びを与えてくれた女はおれの下にいる。じっと動かず、眼をつむっている。誓っていうが、知らない女だ、見たことのない女だ。そもそも、おれの視野にみずからを捧《ささ》げることでおれにものを見るための眼を授けてくれたのはこの女だ。誓っていうが、おれは自分のものではない眼で見ている、自分のものではない手でさわっている。信じがたいことではあるけれど、誓っていうが、ほんとうだ。遠くからする声がいうところの、内側であり外側であるおれのあれは、知らない女の体のなかにある。あれを上から下まで締めつける、女の体の内側の熱が感じられる。誓っていうが、その知らない女の体に入りこんでから、おれは自分の体に入りこんでいる気がしている。彼女はおれの下にいる。彼女は動かない、眼をつむっている。彼女が誰か、おれは知らない。誓っていうが、彼女がなぜ、内側であり外側であるおれのあれを自分の内側に受け入れるのを許したのか、おれは知らない。とはいえ、知らない女の上に知らないうちに横たわっているのはなんだか妙だ。とはいえ、自分の体をなじみのないものに感じるのはなんだか妙だ。

おれは初めて自分の両手を見る。それらを動かし、おれが覆いかぶさっている女の頭の両側でそれらを引っ繰り返す。女は眼をつむっている。おれは両肘をついて半身を浮かせる。女の乳房がおれの胸をかすめるのを感じる。そういうわけでおれは、女の頭の近くで動くおれの二本の手を観察できる。自分の手がこんなに大きいとは思わなかった。誓っていうが、おれの手はもっと小さい、おれの指はもっと細いと思っていた。なのに、なぜかはわからないが、そこにあるのはとてつもなく幅広の手だ。なんだか妙だ。なのに、指を折りたたんでみると、こぶしを握ったりひらいたりしてみると、それが力士の手であるのに気づく。誓っていうが、おれがいたところでおれが力士の手をしていたようには思えない。すると遠くから小さな声がして、おまえはいまや力士の手を持っている、とささやいた。おれは驚く。体のほかの部分も力士のそれか、確かめる必要がある。おれのものではないのにおれのものであるおれの体の状態を確かめる必要がある。おれの下に横たわる知らない女からおれの体を引き離さなければならない。女は寝ているように見える。美しい女に見えるのに、おれが女をしげしげ見ないのはなんだか妙だ。美しい女が好きなはずのこのおれが。けれども、まずは遠くからする声がいうように、おれの体が力士のそれか、確かめる必要がある。

おれは、おれの下に横たわるこの眼をつむった美しい女から身を引き離す。おれたちのふたつの体が離れるときの音を聞くのはなんだか妙だ。笑いそうになる。それは、親指をしゃぶっていた子がおしゃぶりを禁じていた母親がいきなり現われたのであわてて口から指を引き抜いたときに出るような、小さく湿った音だ。遠くからやってきたそのイメージが、頭のなかでおれを笑わせる。知らない女のそばに知らないうちに横たわっているのもなんだか妙だ。おれの体のほかの部分も両手とおなじか確かめようとすると、鼓動が急にぐんと速まるのはなんだか妙だ。おれは白い部屋の天井に向けておれの両腕を突きあげる。おれの二本の腕。誓っていうが、それは二本のマンゴーの大木の幹のようだ。両腕を体に沿わせる。白い部屋の天井に向けて両脚をまっすぐに突き立てる。誓っていうが、二本のバオバブの幹のようだ。おれはベッドに両脚を伸ばし、全身丸ごと力士の体なのはなんだか妙だ、と考える。こんなに恵まれた体でこの世にやってくるのはなんだか妙だ。これほど力の漲《みなぎ》る自分を見いだすのはなんだか妙だ。誓っていうが、おれは見知らぬものを恐れない、本物の力士のようになにものも恐れない。とはいえやはり、醜女《しこめ》のかたわらで貧相な体のなかに生まれ出るのではなく、美女のかたわらで力士の立派な体のなかに生まれ出るのはなんだか妙だ。

おれは見知らぬものを恐れない。誓っていうが、自分の名前を知らないことさえ怖くない。おれの体はおれにおまえは力士だと伝えていて、おれはそれだけでじゅうぶんだ。自分の苗字を知る必要はない、おれの体だけでじゅうぶんだ。おれがどこにいるのか知る必要はない、おれの体だけでじゅうぶんだ。いま必要なのは、おれの新しい体の力を知ることだけだ。おれはもう一度、白い部屋の天井に向けて、マンゴーの大木の幹みたいに太いおれの二本の腕を突きあげる。おれの両手は、おれの肩から思っていたよりずっと遠くにあるようだ。こぶしを握り、それからひらき、また握り、またひらく。皮膚の下で腕の筋肉が動くのを目にするのはなんだか妙だ。おれの腕は思っていたより重く、力が張り詰めていて、いまにも爆発しそうだ。けれどもおれは、見知らぬものを恐れない。

22

マドモワゼル・フランソワ、ありがとう！　神の真理にかけて、おれの勘ちがいじゃなかった。フランス語は話せないが、おれは知っている、わかっている、マドモワゼル・フランソワがおれの体の中心に注いだ視線の意味を。眼で語ることにかけて、マドモワゼル・フランソワの右に出る者はいない。彼女の眼はおれにはっきり伝えてきた。その視線がおれの身体の中心をかすめた日の晩に、彼女の部屋を訪れるように、と。

彼女の部屋は白く塗られた廊下の端にあり、その鮮やかな白は、おれがそっと通りすぎるひとつひとつの窓の向こうに輝く月の光に照らされてきらめいていた。医者のフランソワ先生に、おれが先生の娘に会いにいくのを知られるのだけは避けたかった。療養所の西棟の守衛におれの姿を見られるのも避けたかった。彼女の部屋のドアはあいていた。なかに入ったとき、マドモワゼル・フランソワは眠っていた。おれは彼女のそばに横たわった。マドモワゼル・フランソワは眼を覚まし、おれを別の誰かだと思って悲鳴をあげた。おれは左手でマドモワゼル・フランソワの口を封じたが、彼女は暴れに暴れた。けれども隊長がいうように、おれは只者《ただもの》ではなかった。マドモワゼル・フランソワがもう動かなくなったのを確かめてからようやく、彼女の口から手を離した。マドモワゼル・フランソワはおれに微笑んでいた。だからおれも彼女に微笑んだ。ありがとう、マドモワゼル・フランソワ、きみのはらわたからそう離れていないところにあるきみの小さな割れ目を、おれのためにひらいてくれて。神の真理にかけて、戦争万歳！　神の真理にかけて、おれは彼女のなかに飛びこんだ。河をがむしゃらに泳いで渡ろうと、その激しい流れに飛びこむときみたいにして。神の真理にかけて、おれは腹を裂くほどの激しさで、彼女を腰で何度も突いた。神の真理にかけて、ふいに口のなかに血の味を感じた。神の真理にかけて、そのわけはわからなかった。

23

彼らはおれに名前をたずねるが、おれは向こうがそれを明かすのを待つ。誓っていうが、おれはまだ自分が誰かわからない。おれが彼らにいえるのは、自分が感じていることだけだ。マンゴーの大木の幹みたいな腕とバオバブの幹みたいな脚をしているところを見ると、おれはおそらく、命の大いなる破壊者なのだろう。誓っていうが、おれはこう感じている。なにものもおれには抗《あらが》えない、おれは不死身だ、岩でさえ腕にかかえて締めつけるだけで粉々にできる、と。誓っていうが、おれの感じていることを簡単にいいあらわすのは難しい。それを伝える言葉がじゅうぶんではないからだ。そこでおれは、いいたいこととは無関係に見えるかもしれない言葉を使うことにする。それというのも、少なくともそれらの言葉がその通常の意味とは裏腹に、ひょんな偶然からおれの感情を伝えないとも限らないからだ。いまのところ、おれの体が感じていることがおれのすべてだ。おれの体がおれの口を借りて語ろうとする。おれは自分が誰かわからないが、おれの体がおれについて語りうることはわかるような気がする。おれの分厚い体、あり余るほどの力は、ほかの人たちにとって闘争、戦闘、戦争、暴力、そして死を意味するものでしかない。おれの体は不本意ながらもおれを糾弾する。けれども、おれの分厚い体とあり余るほどの力はなぜ、平和、平穏、平静をも意味しえないのだろうか？

とてつもなく遠くから聞こえてくる小さな声がおれに、おまえの体は力士の体だと告げる。誓っていうが、おれには前の世界でひとり、力士の知りあいがいた気がする。その人の名前は思い出せない。自分が誰かわからないままおれがいまいるこの分厚い体は、たぶんその人のものかもしれない。たぶんおれに場所を譲ろうと出ていったのかもしれない。友情の名のもとに、不憫に思って。遠くから聞こえてくる小さな声が、おれの頭のなかでそうささやいている。

24

「おれは岩と山と森と川と、そして獣と人間の肉を貪る影だ。おれは皮を剝《は》ぎ、頭と体の中身を抜く。腕、脚、手を切り落とす。骨を砕き、髄をすする。だが同時に、河にのぼる赤い月だ。アカシアの柔らかな葉を揺らす夜気だ。スズメバチであり、花だ。ピチピチ跳ねる魚であり動かぬ丸木舟であり、魚網であり漁師だ。囚人であり、その看守だ。木であり、木を芽吹かせた種だ。父であり、息子だ。人殺しであり、判事だ。種蒔きであり、収穫だ。母であり、娘だ。夜であり、昼だ。火であり、火が貪る木だ。罪なき者であり、罪ある者だ。始まりであり、終わりだ。創造者であり、破壊者だ。おれは二重の存在だ」

訳すこと、それは決してたやすいことではない。訳すこと、それは端々《はしばし》で裏切ることだ、ごまかすことだ、ある一文をほかの一文とすり替えることだ。訳すこと、それは真実をおおざっぱに伝えるため細部について嘘《うそ》をつくことを強いられる、人間の数少ない営みのひとつだ。訳すこと、それは言葉の真実はひとつではなく、二重、さらには三重、四重、五重であるということを誰よりも深く理解する危険を負うことだ。訳すこと、それはたったひとつしかないと誰もが知っているとおりの、あるいは知っていると信じているとおりの神の真理から遠ざかることだ。

「こいつはなんていったんだ？」その場にいる全員が首を傾《かし》げる。「返ってくるはずの言葉とはどうもちがう。返ってくるはずの言葉は、単語がふたつ、あるいはせいぜい三つのはずだから。誰もが持つのは、苗字がひとつに名前がひとつ、あるいはせいぜいふたつのはずだから」

通訳者は、不審と怒りがにじむ険しい視線を一斉に向けられておじけづき、ためらっているようだった。彼は咳払《せきばら》いをすると、りゅうとした軍服に身を包んだ者たちに、消え入るような小さな声で答えた。

「彼はいってます、自分は死者であるのと同時に生者だと」

25

いまでは自分が誰かわかった気がする。誓っていうが、神の真理にかけて、それをおれに推し量らせたのは、おれの頭のなかでとてつもなく遠くから聞こえてくる小さな声だ。小さな声は、おれの体がおれにおれのすべてについて明かすのは無理だと感じたらしい。小さな声は、おれにとっておれの体は曖昧だと理解したのだ。誓っていうが、傷痕《きずあと》のないおれの体は不思議な体だ。力士や戦士には傷痕がある。誓っていうが、神の真理にかけて、傷痕のない力士の身体はふつうじゃない。つまり、おれの身体はおれの歴史を、おれの物語を語れないということだ。と同時につまり、これは小さな声がとてつもなく遠くからおれにささやいたことだが、おれの体は〝デム〟、つまり魂喰《たまく》いの体だということだ。魂喰いの体には、傷痕がない場合がほとんどだから。

うぬぼれ屋の王の気まぐれな娘と結婚するためにどこからともなく現われ出たこの王子の物語を知らない人はいない。おれの頭のなかでとてつもなく遠くから聞こえてくる小さな声は、おれにその物語を思い出させた。うぬぼれ屋の王のこの気まぐれな娘は、傷痕のない男を欲していた。物語のない男を欲していた。

彼女と結婚するため、灌木《かんぼく》の茂みのなかからふいに現われ出た王子には傷痕がひとつもなかった。王子はたいそう美しく、気まぐれな王女の心を惹《ひ》いたが、王女の乳母は彼をきらった。気まぐれな王女の乳母はひと目見た瞬間、知った、わかった、たいそう美しいこの王子が、妖術使いであることを。そうと知ったのは、そうとわかったのは、彼には傷痕がひとつもなかったからだ。王子たちには力士たちとおなじように必ず傷痕がある。それらの傷痕が彼らの物語を語る。ほかの人たちが壮大な物語をつくれるよう、王子たちには力士たちとおなじように少なくともひとつは傷痕が必要だ。傷痕がなければ、叙事詩はない。傷痕がなければ、大名《たいめい》はない。傷痕がなければ、名声はない。というわけで、おれの頭のなかの小さな声が事態の収拾に乗り出した。というわけで、おれの頭のなかの小さな声がおれに自分の名前を推し量らせようとした。それというのもおれが宿るこの体には、おれに譲られたこの体には、傷痕がひとつもないからだ。

気まぐれな王女の乳母は知った、わかった、傷痕のない王子が名づけえない存在であることを。乳母は気まぐれな王女に、名無しであることの危険を訴えた。けれども無駄だった。気まぐれな王女は傷痕のないその男を欲した、物語のないその男を欲した。そこで乳母は、気まぐれな王女に三つの魔除《まよ》けを渡してこう告げた。「これは卵、これは小枝、そしてこれは小石です。いつか大きな危険が迫ったら、これらをひとつずつ左の肩越しにお投げなさい。御身を救ってくれることでしょう」

王女は灌木の茂みのなかからふいに現われ出たたいそう美しい王子と結婚し、夫の王国へ旅立つことになった。けれども夫の王国は知らない場所にあった。生まれ故郷の村から遠ざかるにつれて、夫の従者たちがまるで灌木の茂みに呑《の》みこまれたかのようにひとり、ふたりと減っていった。そしてそのそれぞれがほんとうの姿に戻った——ウサギ、ゾウ、ハイエナ、クジャク、黒や緑の蛇、カンムリヅル、フンコロガシの姿に。それというのも、王子は、王女のこのたいそう美しい夫は、乳母が思ったとおり、妖術使いだったからだ。妖術使いのライオンだったからだ。そして彼は王女を、灌木の茂みに埋もれた洞窟のなかに長いあいだ閉じこめて奴隷にした。

　気まぐれな王女は乳母の声に、知恵の声に、警告の声に耳を貸さなかったことを心から悔やんだ。気まぐれな王女はどこでもない場所の真ん中にいた。砂は砂らしく、灌木は灌木らしく、空は空らしく見える名前のない場所に、すべてが溶けあう場所に、大地にもそれとわかる傷痕のない場所に、大地が物語を持たない場所に。

　というわけで、好機がめぐってくるとすぐに、気まぐれな王女は逃げ出した。だが妖術使いのライオンがすぐさまあとを追いかけた。妖術使いのライオンは知っていた。王女を失えば、自分の唯一の物語を失うことを、自分の意味を失うことを、妖術使いのライオンという名前までをも失うことを。王女が逃げたら、彼の大地はふたたび誰のものでもない大地になる。それというのも、王女がその気まぐれによって彼の大地を生み出したのだから。彼の大地は、気まぐれな王女が彼の洞窟の王国に戻らないかぎりよみがえらない。妖術使いのライオンの命さえも、気まぐれな王女の眼、耳、口にかかっていた。それというのも、彼女がいなければ傷痕のない彼の美しさは見えないままであり、彼女が存在しなければ彼の咆哮《ほうこう》は聞かれることがなく、彼女の声がなければ彼の洞窟の王国は世界から消えてしまうだろうから。

最初に捕まりそうになったとき、王女は左の肩越しに乳母からもらった卵を投げ、それは大河になった。気まぐれな王女は助かったと思ったが、妖術使いのライオンは大河の水を飲み干した。二度目に捕まりそうになったとき、王女は左の肩越しに乳母からもらった小枝を投げ、それは鬱蒼《うっそう》とした森になった。だが、妖術使いのライオンは森の木を切り倒し、根こぎにした。三度目に捕まりそうになったとき、気まぐれな王女は父と乳母のいる村が見えそうな場所まで来ていた。彼女は左の肩越しに最後の魔除けの小石を投げ、それはそびえ立つ山になった。その山を、妖術使いのライオンは跳ね飛ぶように駆けのぼり、駆けおりた。この最後の神秘の障害物をものともせず、執拗《しつよう》に王女を追いつづけた。王女は遠くからどんどん迫りくる危険を目にするのが怖くて、振り返ろうとはしなかった。大地を転がり打つような足音がすでに聞こえていた。あの獣人《けものびと》は、二本足で走っているの？　それとも四本足で走っているの？　獣の喘《あえ》ぎが聞こえたような気がした。追っ手の体から発せられる大河の、森の、山の、そして獣と人間のにおいをすでに感じていた。するとそのとき、驚くべきことが起こった。弓と矢を持つ狩人がどこからともなく現われて、気まぐれな王女に躍りかかろうとしていた妖術使いのライオンに矢を放ったのだ。妖術使いのライオンは、心臓の真ん中を射抜かれて息絶えた。それは妖術使いのライオンの、最初で最後の傷だった。その傷のおかげで、彼の物語が語られるようになった。

妖術使いのライオンが黄色い砂塵《さじん》の渦に倒れこんだとき、灌木の茂みのずっと奥から大きな轟音《ごうおん》が響いてきた。地面が震え、日射しが揺らぎ、洞窟の王国、大地の内側の王国が白日のもとに立ちあらわれた。いくつもの高い崖が、妖術使いのライオンの名づけえない王国の心臓を地鳴りとともにこじあけた。それらの崖が灌木の茂みの上の空へ立ちのぼっていくのをみなが見た。そそり立つそれらの大地の傷跡のおかげで、洞窟の王国のある場所がわかるようになった。それらの大地の傷跡のおかげで、この王国の物語が語られるようになった。

救い主である狩人は、三つの魔除けをくれた乳母のひとり息子だった。救い主である狩人は、醜くかった。救い主である狩人は、貧しかった。けれども、気まぐれな王女を救った。その勇気に報いるため、うぬぼれ屋の王は、救い主である狩人に気まぐれな王女を娶《めと》らせた。狩人は、全身傷だらけだった。狩人は、いくつもの物語を持つ男だった。

誓っていうが、おれは妖術使いのライオンの物語を、戦争に発《た》つ直前に聞いた。ほかのいろいろな面白い物語とおなじように、この物語もまた、巧みなほのめかしをちりばめた小話だ。妖術使いのライオンと気まぐれな王女の物語のようによく知られた物語を語る者は、そこに別の物語を潜ませることができる。よく知られた物語の背後にある隠された物語は、気づいてもらうためその姿をほんの少しだけ垣間見せ《かいまみ》なければならない。隠された物語がよく知られた物語の背後のあまりに奥深くに隠れてしまうと、その姿は見えないままだ。隠された物語は、そこにいないのにそこにいなければならない。若い女の美しい体の線をうかがわせるサフランイエローのぴったりとした服をまとったように、それとなくその存在をうかがわせなければならない。透けて見えなければならない。だがよく知られた物語の背後に隠された物語は、それを聞かされた人がその意味を理解したとき、彼らの人生の流れを変える力を持つことがある。彼らを突き動かし、漠然とした欲望を実際の行動へと変化させる力を持つことがある。教訓を与えようとする下心を持つ語り手の期待とは裏腹に、ためらいの病から彼らを解放する力を持つことがある。

誓っていうが、おれはその妖術使いのライオンの話を、夜、白い砂地に敷いた筵《むしろ》に坐り、マンゴーの大木の低い枝に守られながら、おなじ年頃の男女とともに聞いた。

誓っていうが、あの夜、傷痕のない妖術使いのライオンの話を聞いたほかの人たちとおなじように、おれは知った、わかった、ファリー・チャムがそれを自分の物語として受け止めたのを。おれはそれを知った、わかった、ファリー・チャムがみんなにいとまを告げるため立ちあがったときに。知っている、わかっている、みんなに気まぐれな王女のように思われても、ファリーはまるで気にしていなかった。知っている、わかっている、彼女は妖術使いのライオンを欲していた。アルファ・ンディアイが、おれの兄弟以上の存在が、ライオンのトーテムを持つあいつがファリーの少しあとに立ちあがったとき、おれは知った、わかった、彼女と結ばれるため、やつが灌木の茂みのなかで彼女と会おうとしているのを。知っている、わかっている、アルファとファリーは、燃え立つ河の近くにある小さな黒檀の森で落ちあった。ファリーはそこでアルファに身を任せた。おれたちがふたりしてフランスでの戦争に発つ前の日に。おれがそれを知っているのは、おれがそこにいないのにそこにいたからだ。このおれが、やつの兄弟以上の存在が。

だが、それについて深く考えているいま、自分自身を振り返っているいま、神の真理にかけて、おれは知っている、わかっている、アルファはおれにやつの力士の体の一部を譲ってくれた。友情の名のもとに、不憫に思って。知っている、わかっている、アルファはおれが死んだ日の宵、誰のものでもない大地の奥底からおれがやつに投げかけた最初の懇願を聞き入れてくれた。懇願したのは、名もない大地の下のどこでもない場所の真ん中に、たったひとりでいたくはなかったからだ。神の真理にかけて、誓っていうが、おれがおれたちのことを考えるとき、いまややつはおれであり、おれはやつである。

訳者あとがき

本書はセネガル系フランス人、ダヴィド・ディオップ著 *Frère d'âme*（Seuil刊）の全訳である。第一次世界大戦の塹壕《ざんごう》戦を舞台とするこの作品は大戦終結一〇〇周年にあたる二〇一八年にフランスで刊行され、〈高校生が選ぶゴンクール賞〉に輝いたほか、ルノードー、フェミナ、メディシス、ゴンクールという同国の名だたる文学賞の最終候補作に軒並み選出された。さらに二〇二一年、フランス人作家の作品として初めて、英国のブッカー国際賞を受賞（英語版タイトルは *At Night All Blood Is Black*）。同賞審査員に、「恐ろしい作品だ。読んでいると催眠術にかかったような感覚に陥る。感情が揺さぶられ、心が新しい考えに開かれていく。並外れた物語で、非常に力強く、説得力がある。主人公は妖術使いとして告発されるが、審査員は皆、本書になんらかの形で魔法をかけられたと感じた。それほどまでに催眠的な力で魅了する」と評された。

その他、サハラ以南アフリカにルーツを持つ作家のフランス語作品を対象とするアマドゥ・クルマ賞（二〇一九年）や、イタリア語に訳された欧州の優れた作品に与えられるストレーガ・エウロペオ賞（二〇一九年）を獲得するなど国際的に高い評価を得ており、三十五カ国以上で翻訳刊行されている。

古くはレマルクの『西部戦線異状なし』（新潮社、秦豊吉訳）やセリーヌの『夜の果てへの旅』（中央公論新社、生田耕作訳）から近年ではピエール・ルメートルの『天国でまた会おう』（早川書房、平岡敦訳）まで、第一次世界大戦を描いた文学作品は多々あるが、そんななか本書が異彩を放つのは、これまで歴史の闇に埋もれてあまり光のあたることのなかった「セネガル歩兵」を主人公としている点だろう。

「セネガル」とはいうものの、兵士の出身地は同国に限定されるものではない。一八九五年にフランス領西アフリカとして制定された広大な地域であり、現在のマリ、コートジボワール、ニジェールなどが含まれる。第一次世界大戦中、人口でドイツに劣るフランスは、北アフリカ、西アフリカ、赤道アフリカ、インドシナなどの植民地の住民を兵士として積極的に動員。その総数はおよそ六十万人と見積もられている。西アフリカからの動員数は約十七万一千人で、実際にヨーロッパに送られた者は十三万四千人。うち三万人以上が死亡したとされている。

物語はそんなセネガル歩兵のひとり、二十歳のアルファが泥と血でぬかるむ大地で深い後悔に囚われているシーンから始まる。戦場で腹を切り裂かれて死に瀕《ひん》している同郷の友、「兄弟以上の存在」だったマデンバに、苦しくてたまらないから殺してくれと三度懇願されたにもかかわらず耳を貸さなかったことを悔やみ、人間でいなければならなかったときに人間ではなかった自分を責めているのだ。この親友の死のあと、アルファは戦闘の際、「向こう側の敵」のひとりをつかまえて腹を裂くようになる。そして今度は人間らしく振る舞おうと、苦しむ相手に三度も懇願させないうちに喉を掻《か》き切って殺してやり、手を切り落として自軍の塹壕に持ち帰る。仲間の兵士たちは最初、そんなアルファを英雄扱いしていたが、切り取った手が四本目を数えたときから妖術使いとして恐れるようになり、七本目（失くしたものを合わせれば八本目）になったとき、アルファは「文明化された戦争」を行うには野蛮の度が過ぎるとして銃後の療養施設に送られる……。

著者のさまざまなインタビュー記事を読むと、第一次世界大戦に従軍したフランス人兵士の書簡集を読んだことが本書を執筆するきっかけとなったようだ。セネガル人の父、フランス人の母のもとに生まれた著者は双方のルーツを持つ者として、セネガル歩兵が書いた手紙も現存するのだろうかと疑問に思い調べてみたところ、事務的なものを除いてほとんど残っていないことが判明した。そこで、言葉もろくに通じない異国の地で戦闘の最前線に送り込まれたセネガル歩兵の心理を、文学を通じて追求しようと思い立ったらしい。そして採用したのが、主人公の思考や意識の流れをそのまま綴《つづ》ったような一人称の語りだった。

それは読者を冒頭から主人公の脳内に突き落とすかのような、あるいは彼に胸ぐらをつかまれて至近距離で聞かされているかのような、なんとも強烈な語りだ。特定の言いまわしの繰り返し（「知っている、わかっている」、「神の真理にかけて」）、頻出する単純で直截《ちょくせつ》な言葉（「内側」、「外側」）、舌足らずに思われるような表現（「戦争の空から降ってくる金属の粒」、「青い双子の眼」）などを盛り込みながら独特のリズムを刻むこの語りは、アルファが灰色の戦場にいる前半はどこか不器用で荒々しい息遣いを感じさせ、陰鬱な呪詛《じゅそ》、不気味な連禱《れんとう》のような響きをまとっている。けれども後半、故郷を想い、景色が色彩を取りもどすパートでは口調も滑らかになり、詩情に満ちた切なくも心地よい調べを帯びるようになる。

著者によればこの特異な文体は、フランス語を話せない主人公がアフリカの母語（本書の場合はウォロフ語）で思考していることを読者に示唆するために編み出したとのこと。同様の効果を生むためには、ウォロフ語の単語、慣用句、間投詞や、現地ならではの特別なフランス語の言いまわしなどをテクスト内に積極的に取り入れるという方向性もあったと思われるのだが、著者の場合はあくまでも標準的なフランス語の枠内にとどまりながら先述したさまざまな工夫を凝らすことで、アフリカの豊かな口承文学の伝統を感じさせる、リズミカルかつシンプルで力強い文体を作り上げることに成功した。

特定の言いまわしや単語の繰り返しは、主人公が狂気に囚われていることを感じさせる効果もあげている。実際、本書のテーマのひとつが「戦争の狂気」であるのは明らかだ。著者は〈シュッド・ウエスト〉紙のインタビューでこう述べている。「この狂気に対して人間がどんな答えを与えうるのか探りたかった。個人の暴力は全体の暴力よりも悪なのか？　残虐行為を行う兵士と、陣地をただ単に五十メートル獲得するために十万の若者を死に送り込む将軍と、どちらがより暴力的なのか？　人間性と非人間性のあいだにある極めて細い境界線について考えたかった」

アルファは友の死をきっかけにみずからの「非人間性」に気づき、人間でいるために敵に残虐行為を働くことで逆説的に人間性を取り戻そうとする。そして人間でいるために、先祖の掟《おきて》や規範に従わずになんでも好きに考えようとし、自分の意思で必要なときだけ野蛮を演じるようになる。戦争という極限状態のなかで狂気に絡め取られていくのと同時に、自分の頭で考えるという精神の自由を獲得していくアルファの軌跡を描いた本書は、個人を縛る既存の教えや伝統からの脱却と解放、自由と服従といったテーマも内包している。

さらに、機関銃や大砲、飛行機など工業化がもたらした近代兵器を用いて展開されているヨーロッパの殺戮《さつりく》の最前線にいきなり投げ込まれたアフリカの農村出身の青年という〝外側〟のまなざしを通じて、白人の「文明化された戦争」の暴虐や不正義と植民地主義を浮き彫りにしている点も見逃せない。

物語は後半、アルファのセネガル時代の記憶やエピソードを盛り込みながら進んでいくが、終盤、突如異なる声が語り出し、思わぬ方向へ舵《かじ》を切る。そしてアフリカの神話的な小話が披露された直後に訪れる衝撃のラスト。この謎めいたラストについて、本国の読者のあいだでは著者がまったく意図しなかった解釈も生まれているらしい。これについては、読者の力で作品が新たな意味を獲得して豊かになっていくという、読書のひとつの可能性の表れだと論じている識者もいた。

ちなみに原題の *Frère d'âme* を訳せば、「魂の兄弟」。そう、これはなによりも友情の物語であり、エピグラフにモンテーニュの言葉が引いてあるのは実に示唆的だ。興味のある方はモンテーニュが『エセー』のなかで友情についてどう論じているか、ぜひ調べてみてほしい。

著者のダヴィド・ディオップは一九六六年パリ生まれ。子ども時代の大半をセネガルで過ごしたあと、ソルボンヌ大学で文学を学び、博士号を取得した。フランス南西部にあるポー大学でおもに十八世紀のフランス文学を教える傍ら、一八八九年開催のパリ万国博覧会に赴いたセネガル代表団の試練を描いた *1889, l'Attraction universelle* で二〇一二年に作家デビューを果たす。二作目となる本書のあと、二〇二一年には十八世紀のセネガルを舞台にした *La porte du voyage sans retour* を刊行。実在したフランス人博物学者ミシェル・アダンソンを主人公に、謎めいた美しい逃亡奴隷の女性に対する主人公の思慕と葛藤を描き、こちらも高い評価を受けている。さらに二〇二四年三月には、兵士に両親を殺され祖母とスラムで暮らす少女を主人公にしたＹＡ小説、*Le pays de Rêve* を発表した。

なお、著者の苗字は主人公の親友マデンバと同じだが、これはアルファとマデンバが「冗談の親戚」の関係になるよう採用したもので、著者のセネガル人の親族で第一次世界大戦に従軍した人はおらず、またマデンバが著者の分身というわけではないとのこと。

名前についてもうひとつ。セネガルの公用語はフランス語だが、人名や地名などの表記の読みはフランスと現地で異なる部分がある。本書では著者の意向を確認し、フランスでの慣例的な読みにもとづいて表記した。

また本書の翻訳にあたっては、アマドゥ・クルマ著、真島一郎訳『アラーの神にもいわれはない　ある西アフリカ少年兵の物語』（人文書院、二〇〇三年）を参考にし、「魂喰《たまく》い」、「妖術」、「屋敷」の各語については真島氏の訳語を使わせていただいた。この場をお借りして同氏に心よりお礼を申し上げます。

「訳すこと、それは端々《はしばし》で裏切ることだ」（本文一七八頁）——これはイタリアの格言、「翻訳者《トラドゥットーレ》は裏切り者《トラディトーレ》だ」のもじりである。毎度のことではあるけれど、本書の翻訳もまた、隅々まで等価で訳すことの困難性、不可能性を痛感させられる作業だった。裏切りを二重にも三重にも働いていないことを祈りつつ、数々の貴重なご助言をくださった早川書房の窪木竜也さん、校正者の上池利文さん、フリーランスの編集者の月永理絵さん、株式会社リベルの山本知子さんをはじめお世話になった方々に深い感謝を捧《ささ》げます。

二〇二四年六月

訳者略歴　フランス語翻訳家　国際基督教大学教養学部社会科学学科卒業　訳書『異常《アノマリー》』エルヴェ・ル・テリエ，『念入りに殺された男』エルザ・マルポ，『ちいさな国で』ガエル・ファイユ，『ささやかな手記』サンドリーヌ・コレット（以上早川書房刊），『星の王子さま』サン＝テグジュペリ他多数

夜《よる》、すべての血《ち》は黒《くろ》い

2024年7月20日　初版印刷
2024年7月25日　初版発行

著者　ダヴィド・ディオップ

訳者　加藤《かとう》かおり

発行者　早川　浩

発行所　株式会社早川書房
東京都千代田区神田多町2－2
電話　03－3252－3111
振替　00160－3－47799
https://www.hayakawa-online.co.jp

印刷所　精文堂印刷株式会社
製本所　大口製本印刷株式会社

Printed and bound in Japan

ISBN978-4-15-210346-8　C0097

早川書房の単行本

ポストカード

La carte postale
アンヌ・ベレスト
田中裕子訳
46判上製

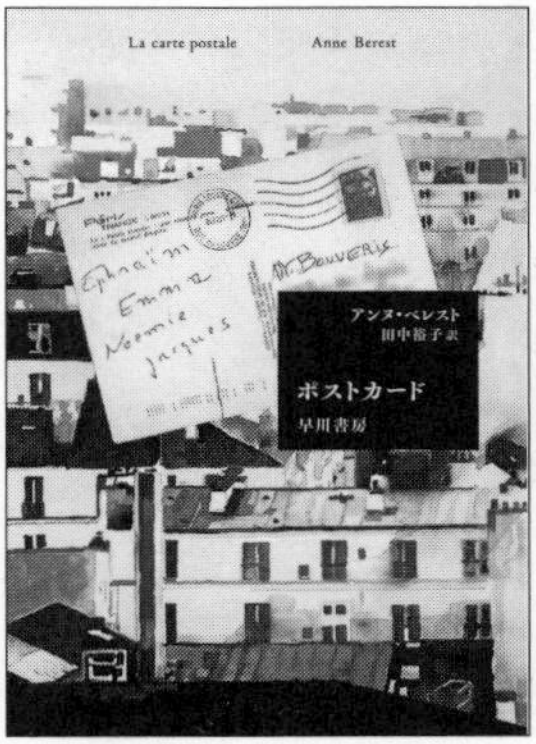

〈**高校生が選ぶルノードー賞受賞作**〉

二〇〇三年パリ。著者の母の元にポストカードが届いた。差出人名はなく、メッセージ欄には、かつてアウシュヴィッツで亡くなった祖母の肉親の名前だけが書かれていた。誰が、何のために長い時を経たいま、送ってきたのか。調査のすえに著者が知った事実とは？　あるユダヤ人一家が体験した実話にもとづく感動の長篇小説

早川書房の単行本

狂女たちの舞踏会

Le bal des folles

ヴィクトリア・マス
永田千奈訳
46判上製

〈**高校生が選ぶルノードー賞受賞作**〉

十九世紀末、パリのサルペトリエール精神病院。十九歳のウジェニーは、「霊が見える」と告白したために、家族に勘当されこの病院に入れられた。そこでは女性たちの苦悩やトラウマが「狂気」と診断されていた。ウジェニーは一刻も早く病院から出ようとするのだが……。史実をもとに、「ふつう」とは何かを問う長篇小説

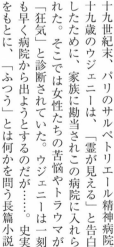

早川書房の単行本

異常《アノマリー》

L'Anomalie

エルヴェ・ル・テリエ
加藤かおり訳
46判並製

〈ゴンクール賞受賞作〉
殺し屋、ポップスター、売れない作家、カエルを飼う少女、ガンを告知された男……。なんのつながりもない彼らが乗り合わせたのは、偶然か、誰かの選択か。航空機がニューヨークに向けて降下をはじめたとき、異常な乱気流に巻きこまれる。世界中に不安が広がるなか、搭乗者たちの決断は——。世界的ベストセラー小説。

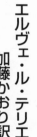